KB037707

끝없는 유목

윤홍선
시전집
1982~2019

끝없는
유목

The Complete Poetry
of Youn hongsun

제1시집_바람부는곳에누워

제2시집_외로움은별이된다

제3시집_추 억 여 행

제4시집_강 물 옆 에 서

 동학사

다시 나의 시집들과 함께

이 시집을 마무리하는 지금 많은 얼굴이 떠오른다.
그들과의 시간들과 함께
이 시집의 의미는 무엇인가.
드넓은 초원에 언뜻 언뜻 보이는 유목민의 겔처럼,
언어와 시간의 천막같은 것인가.
나도 오랫동안 내 시공의 초원에서 끊임없이 이동하고
또 머물렀다.
많은 사람을 만났다. 많은 시대의 벌판을 거쳐왔다.
내가 거느리고 온 수많은 시간들! 기억들!
그리고 사랑했던 사람들!
언어와 시간의 천막 속에 아직도 온기처럼 남아있다.
나는 떠나도 오랫동안 남아 이 천막을 찾는 누군가에게
온기처럼 느껴지리라.
고뇌와 고통의 언덕도 많았지만 따뜻하고
아름다운 순간도 많았다.
그리고 그 위로 구름을 몰고 우리의 시간은 흘러갔다.
기억의 편린만 남긴 채,

이 시집은 나의 10대 시절부터 40여년 계속된
정신적 유목의 노래들이다.
기쁨과 슬픔의 교차 속에,
무엇인가 내면을 향해 말하고 싶거나
노래하고 싶을 때 쓰여진 흔적들이다.
네 권의 시집이후 오랫동안 나는 거의 시를 잊고 살았다.
어느날, 문득 시에 대한 그리움을 일깨워준
탁월한 학자이며 문학평론가인 윤재근 선배님과
뛰어난 시인들 정호승, 유재영 시우의 지적과
권유가 없었으면 이 시집은 없었으리라.
깊은 감사와 우정의 마음은 이 끝없는 유목의 여정을
따뜻하고 자랑스럽게 한다.

내 유목을 함께하고 있는 아내 계명은과 가족들의 사랑은
언제나 천막의 빛이 되어주었다. 아직도 내 곁에 있는
모두에게 감사를 보낸다.
내 마음의 시정과 함께 ……

2019년 1월 어느날

윤홍선

윤홍선 시전집 차례

제2시집_
외로움은 별이 된다

1980년에 발간된 첫시집이다.
10대 후반기와 20대를 지나가는 동안
마음속에 소용돌이치던 방황과 좌절과 또
사랑의 흔적들이다.
다시 읽어보면 희미한 그때의 불빛이 내 마음을 흔들고
또 애틋하게 만든다.
독백이 되었을지도 모를 시들이
소중한 기억의 페이지들로 남게 된 것은
뛰어난 조병화 선생님과 시우인 정호승 시인 때문이다.
고인이 되신 조병화 선생님께 감사의 말을 전할 수 없기
때문에 이렇게라도 마음속 편지를 띄운다.
뛰어난 두 시인이 써준 시집의 서문과 해설은 지금 더욱
그때를 그립게 하고 빛나게 한다.

2018. 8월 어느날

윤홍선 제1시집

바 람 부 는 곳 에 누 워

이 시집은 내가 1970~1980년 사이에 쓴 시를 모아놓은 것이다.

이 시집을 내놓게 되었던 것은 조병화 선생님과 정호승 길우의 격려에 힘입은 바가 크다.

이를 계기로 다시 나는 시를 쓰게 되었고 시를 사랑하게 되었으니 이 시집의 의미는 그 시대의 평범한 젊은이의 낮은 목소리이면서 동시에 한 젊은이의 기념비이기로 한 것이다.

당시에는 계면쩍어서 세상에 제대로 내놓지도 못했으나 이제 나는 사랑하는 나의 이웃과 벗들에게 다시 한 번 지나가버린 맑은 나의 순정을 흔들어 본다.

조병화

몇 년 전 한국시인협회 광주 세미나에서 현대시의 난해성을 중심해서 한국 현대 시인들의 일반적인 병폐에 대해서 다음과 같이 주제발표를 한 일이 있습니다.

「한국 시인들은 무리를 살고 있습니다. ①과도한 자존의 무리 ②과도한 주제의 무리 ③과도한 표현의 무리 ④과도한 지성의 무리 ⑤과도한 역사의식의 무리 ⑥과도한 현실참여의 무리 ⑦과도한 문학사조의 무리 ⑧과도한 시인의식의 무리. 이러한 과도한 무리를 살면서 자기도 모르는 모순된 시들을 산출하고 있습니다.……」(時人의 便紙 P.62)

이 시집의 서문을 쓰면서 먼저 이러한 생각이 든 것은 이 시인의 시가 전혀 위에 열거한 「과도의 무리」에 하나도 때 묻지 않은 순수한 오늘날의 한국현대시의 바람직한 방향이 많이 나타나 있기 때문입니다. 실로 생동하는 감각으로 스스로의 생활 현장을 추적하는 모습이 시의 영역을 깊이 감돌고 있습니다.

무엇을 어떻게 쓰란 말이냐
그 많았던 열망과 그 많았던 싸움과
그 많았던 분노, 슬픔, 음모들의 분명한 이유
그 이유들이 빼앗아간 시간
나는 무엇을 쓰란 말이냐

        — 「이력서」 일부

이만큼 술에 취했을 때는
술의 노래를 부릅시다.
술 취한 것보다 더 취한
세상에서
술을 위한 노래를 부릅시다.

한마디 단어에도 취하는
시인들을 위하여
한줌의 명예에 취하는 정치인을 위하여
아, 아, 작은 질서에 매달리는 평범한
사람을 위하여
사람을 위하여 부릅시다.

술의 노래를

술이 마비시킨 것들을 위하여

술 깨면 돌아올 아픔들을 위하여

술이 말해주는 이야기를 들으며

세상을 들으며

아무나 들어주는

술의 노래를 부릅시다.

— 「술의 노래」

이렇게 읽는 사람에게 직감적으로 통하며 공감을 갖게 하며, 그곳에서 이 현대를 같이 실존하는 따뜻한 우정을 나눠주고 있습니다.

실감이 나는 말과, 실감을 일으킬 수 있는 문장과, 같이 생각해 볼 수 있는 문제와 그 관심거리가 「시를 느끼게끔 하는 시」로서 잘 전개되고 있습니다.

이렇게 이 시인은 그의 첫 시집인 이 「바람 부는 곳에 누워」에서 그의 시의 질의 세계를 처음부터 뚜렷하게 전개해 놓고 있습니다.

이래서 이 시인은 우리에게 새로운 시의 바람을 끊임없이 즐겁게 주리라고 믿고 있습니다.

그러한 단단한 새 출발을 축하하면서 한자 머리말을 다는 바입니다.

1980년 4월 19일
안성 편운재(片雲齋)에서

술의 노래

이만큼 술에 취했을 때는
술의 노래를 부릅시다.
술 취한 것보다 더 취한
세상에서
술을 위한 노래를 부릅시다.

한마디 단어에도 취하는
시인들을 위하여
한줌의 명예에 취하는 정치인을 위하여
아, 아, 작은 질서에 매달리는 평범한
사람을 위하여
사람을 위하여 부릅시다.
술의 노래를

술이 마비시킨 것들을 위하여
술 깨면 돌아올 아픔들을 위하여
술이 말해주는 이야기를 들으며
세상을 들으며
아무나 들어주는
술의 노래를 부릅시다.

이력서

무엇을 어떻게 쓰란 말이냐
그 많았던 열망과 그 많았던 싸움과
그 많았던 분노, 슬픔, 음모들의 분명한 이유
그 이유들이 빼앗아간 시간
나는 무엇을 쓰란 말이냐

당신들은 쓴다.
당신의 이름, 본적, 생년월일……
당신이 쓰는 당신의 흔적에서 과연 당신은
보이기 시작한다.
그러나 우리가 볼 수 있는 것은 무엇인가?
바로 당신인가? 당신의 허깨비인가?
그들이 나를 알고자 하여 나의 이력서를 요구한다면
나는 아무것도 쓸 수가 없다.

나에게는 비오는 날 버스 차창에서 떠오르는
추억이 있고
3월, 4월, 5월 계절마다 떠오르는 혁명의
기억이 있고

피 끓는 박수가 있고, 분노가 있고

한잔 술을 하면 웅얼웅얼 소리 내는 가책이 있고
가책도 버리는 욕망이 있고, 잔재주도 있고
잔재주의 부끄러움이 있고
그러나 밤이 되면 아내와 두 아이가 기다리는
집으로 조용히 돌아오는
사랑의 질서를 가진 나는 한 장의 종이 위에
무엇을 쓸 수 있을 것인가

타인이 빌려준 그들의 기억 위에
이따금 나의 이력을 기록하지만
나는 결국 아무 것도 쓸 수가 없다.

이유, 시의 이유

가장 짧은 시를
가장 아름답게 쓰기 위하여
너는 장미를 만져보고
그 여자의 뒷뜰로 떨어진 별똥별도 주워본다만
어디 시는 슬픔만으로 되더냐
어디 시는 아름다움만으로 되더냐

왜 무엇이 우리를 슬프게 하고
숨 막히게 하고 혹은 찬미하게 하여
한세상 그냥 지나가는 것을 붙들고
자꾸 너나 나의 잠을 흔드는가

왜 무엇이 우리를 열렬하게
욕하게 하고 사랑하게 하고
어느 날 저녁 잠 속의 꿈처럼
이루어지게 하는가

나는 지나치게 장미도 사랑하지 않고
지나치게 별똥별도 슬퍼하지 않는데

왜 나를 온통 뒤 흔드는가
이유, 시의 이유

정치인에게

이 땅 위에 남아 있는 것과
이 땅 위에 아직 숨 쉬는 것들을
진정으로 한번 떠들어보고
가까이서 한번 만져보자

이 땅은 새로 정복된 땅은 아니다.
이 땅은 새로 태어난 땅도 아니다.
이 땅은 우리의 숨소리를 모아
이 땅에 새로 피어나는 꽃향기를 껴안고
이 땅에 어제의 꽃들도 묻어주는
이 땅은 바로 어제의 그 땅이다.

소리 없는 것들의 소리를 듣고
소리 있는 것들의 허위도 보면서
따로 따로 불질르는
불길 속에서
우리의 작은 평화마저 불타지 않도록
진실로 지켜주는 방패가
먼저 되라.

이민 수속

이민 가고 싶은 너를 위하여
나는
이민 수속을 해준다.
법속에 숨어
나의 미래를 위하여
가지 못하는 자를 위하여
너는 떠나라
어느 날 돌아올 때는
어두웠던 우리의 과거도 가져오너라.
우리가 이루어야 할
그곳 하늘의 한쪽이라도
가져 오너라.
너의 환희가 섞인
너의 슬픔과 함께.

중앙청 광장

밤 깊어 모여드는 이 없는 광장
저 혼자 외롭다.
수천 수만의 비둘기 떼 같은 박수소리 잊었느냐?
바람 불 때마다
떨어진 박수
이리저리 뒤적여보며
손바닥의 주인을 생각해본다.
키 큰 자, 키 작은 자, 거짓말 잘하는 자,
제복 입은 자.
그들이 박수와 함께 떨구었던 사랑
이 밤 다시 떠올라
다만 어제의 빛난 것들
어제의 갈망들
저녁 어둠과 함께
깊어가고 있다.
은행나무 가지 사이로 흘러 왔다 흘러가는
어둠과 밝음이 오늘
유난히 아름답다.
종합청사, 기획원, 미 대사관 불빛들이

마구 쏟아져 오는 이 광장.
밤 깊어 저 혼자 외로운 광장.

고통에 대하여

고통은 가을 햇빛에 깨뜨려지는 열매처럼
깨달음을 깨뜨리고 나온다
고통의 열매는
놀라움이며
즐거움이어라
남모래 키워온 고통의 열매는
나의 눈물을 뚫고
나의 색깔 없는 눈물이 되어
내 가슴을 채우는 흙의 자양으로
피어나
나는 고통에 대하여 말하게 된다

서울 풍경

손가락 마디마디 잘라진 가로수들
서로 마주보며 피 흘리고 서 있다.
새로 짓는 빌딩의 삐져나온 철근에
깊이 찔린 초승달이
신음하는 거리에서 나는
멈춘다. 보신각 쪽 신호등에 걸려

무리 지어 지나는 사람들에 섞여
종로2가 고려당 빵집 앞
이문동 행 버스를 기다리며 나는
이 거리에서
이름 없는 사람의 풍경이 된다.

슬픔이 슬픔에게

— 어느 시인에게

우리에게 슬픔 아닌 것은
모두 가져가 다오.
슬픔이 슬픔을 만나
슬픔의 새벽에 관하여 말하며
함께 슬픔으로 가는 아침 들길에 섰다.

우리에게 자랑 아닌 자랑은
모두 거두어 다오.
따로이 밀려가던 약속 없는 지점에서
만남의 기쁨 속에서
또 하나 깊은
슬픔의 싹이 튼다.

이 땅의 슬픈 사람들을 위하여
그들의 슬픔을 온전하게 지켜 줄
우리에게 슬픔을 지킬 힘을 다오.

슬픔이
새벽 놀에 파묻힌 슬픔에게

축복을 보내며,
이 땅위에 아 아
우리는 왜 이리 작은가?

풀잎의 노래

어떠한 슬픔이라도 우리 참자
봄볕에 자랑하는 사슴의 푸른 사향
그들의 꽃 피우는 봄 꽃잎처럼
우리는 짧은 목숨

술의
술이 만드는 그늘의
우리들의 주정
그 푸른 바다의
반짝이는 한낱 물거품
그 드넓은 광야로 돌아오는 한낱 풀잎

우리는 계절을 잊고
마침내 또 하나의 계절을 맞고 말며
그러나 계절을 알지 못한다
우리는 아무 것도
슬퍼하지 말자

서울의 포장마차

겨울 찬 대기 속에
우리들은 참지 못한다.
그 추억 같은 냄새
살 굽는 냄새를 좋아하는
잔인한 우리는
포장마차의 리차드 ― 위드마크가 아니다.
불화살을 쏘아대는 인디안도 아니다.
단지
자신의 소심과 피로를 구워
한 잔의 소주에 섞어 마시는
시민이다.
우리는
카터의 당선이나 축하하고
포드의 실패나 슬퍼해 주는
우리는 서울 시민이다.
그러나 늘
내일의, 어둡고 밝은 내일의,
포장마차.
최후의 포장마차.

예언자

어떠한 평화가 잉태되는 것이랴
우리가 넋을 묻을
이 대지 위에
어떠한 섬광과 어떠한 물거품이
적시지 못할 평화를 잉태하고 있으랴

혁명과 자유와 평등과
꿈처럼 떠들어오던
이유와 반어의 되풀이 속에
요약되지 않는 아름다움 속에
이미 태어나
말없이 웃는 평화

그대들이 비웃는
자유가 담긴 평화의 파편 속에
비웃음의 공허가 메아리친다.

이 대지가 우리의 넋을 모아
땀을 뿌리고 피를 뿌리게 할 때까지
어떠한 평화가 잉태될 수 있으랴

바람 부는 곳에 누워

숨진 자들의 모습은 아름답다.
저 돋아난 풀과
풀을 흔드는 바람이
아름다움을 더욱 말하여 준다.

이름 모를 주검의 흔적이
오늘 이처럼 마음을 흔드는 것은
내 온갖 애린의 마음이
풀과 바람처럼 그대들 곁에 다가 있음인가.

그대들 이러히 다정하게 누워
해말간 달을 바라보며
속삭이며 꾸는 꿈은
옛날 옛적 전날의 못 잊을 이야기들인가.

나 언젠가 그대들 곁,
바람 부는 곳에 누워
함께 속삭이기 위하여
좀 더 빛나는 곳으로 가고 싶다.

이 들판에서

내가 숨겨갈 때에도 비정한 세상
나의 끝은 세계의 끝
무엇이 빛나지 않은 것이 있으리.
스스로 빛나지 않을지라도

겨울 유리의 살갗 같은 저 바깥을
가만히 들여다보라.
잡초처럼 매일 돋아나는 우리의 음모,
우리의 망각,
우리의 대화,
우리의 일상은 청진동 목로주점의 풍경같이
매일매일 믿음 없는 시대를 그냥 지나간다.

하나의 시대가 언제나 그러하듯
우리의 시대도 우리의 손목을,
거부하는 우리의 손목을
비웃으며, 혹은 달래며, 손목마다 다른 손을 내민다.

우리는 동일하지 않다.

우리는 동일하다.

단 하나의 지혜의 기둥이
아무 곳에도 뿌리를 내리지 못하고
하루에도 몇 번
중앙청 네거리를
뒷집 황 교수의 가난한 뜨락을,
아이처럼 헤매인다.

우리들의 윤리가 한줌의 질서의 뿌리도
되지 못할 때
우리들이 생태의 숲 속에 단순히 갇히어 버릴 때
우리에게 빛나는 것은 무엇이리.

우리는 동일하지 않는 것이 동일하다.
이따금, 우리는 깨어나
무엇이든 아무렇게 돋아나
무엇이든 아무렇게 빛나는
이 들판에서 잠시 만났다 헤어진다.

외투를 꺼내며

외투를 꺼내는 내 손바닥에
깃마다 접혀있던 지난해 겨울
눈 냄새가 묻어나와
녹슨 겨울의 빗장을 삐걱이며
내 손바닥에 고이는 눈물
겨울의 그 두터운 문을
소리 없이 열고
경이로운 바깥을 나는 내다본다.

진실보다도

진실보다도 큰 칼이 없고
진실보다도 무서운 칼이 없나니
받아주지 않을지라도
그대 솔직하라.

이 세상에서 피어나는 이유는
이유의 이유가 있으나
진실보다 더 큰 이유는 없나니
그대 있는 대로 다가갈지어다.

멸망하는 것들도 아름답고
때로는 거짓의 아름다움도 빛난다.
빛남의 너머에
또 숨 쉬는 진실이 있나니
그대 솔직하라.

탑을 부수며

쌓아진 탑들을 본다
쓸모없는 기대를 비웃으며
생의 벌판에서
탑 무너지는 소리를 듣는다
생각 없이 쌓아온 탑
의미 없는 소리
그러나 아픈 소리
아무것도 바라보지 않고
아무것도 사랑하지 않을 수 있는가
탑의 노래를 듣는다
훌훌 한 시절의 허물을 벗고
우리의 살갗에 와 닿는
그 갈망의 노래

시간의 거미

시간 안에 나는 한 마리 거미
비밀스런 시간의 계곡 안에서
공간과 공간을
보이지 않는 유리줄로 꿰어간다
끈적한 줄 위로 탕진된 젊음이 걸리고
젊음의 안에 빛나던 사랑도 걸린다
이미 시간에 흡혈된 젊음과 사랑의 흉한 모습이
내가 푸는 유리줄에 휘감겨 먼지 낀 주검이 된다
시간 안에 나는 한 마리 거미

비 오는 날 친구에게

그대들에게
친구란 무엇인가
비 오는 날
목로주점의 한잔 술인가
한잔 술이 일으키는 슬픔인가
필요한 아픔인가
그냥 마시는 한잔 술인가

그대들에게 손을 내밀어
친구가 건네주는 그것은 무엇인가
적막할 때는 더욱
소용돌이치는 강물의 한끝을
텅 빈 그대의 손아귀에 쥐어주는
친구란 무엇인가

구천동 할멈의 바느질을 빌려와

시간의 어느 부분에 존재의 비밀이 감추어 있나
우리 구천동 할멈의 교묘한 바느질을 빌려와
시간을 얽어맬 그물을 먼저 짜고
신의 연못에서 노는 시간을 잡아다가
푸른 시간의 등어리를 그냥
가장 잘드는 칼로 내려치면
숨겨진 존재의 낱알들이
의식의 도마 위를 가득
구를지도 몰라.

아무 것도……

아무 것도 미워하지 말며
아무 것도 사랑하지 말며
아무 것도 갖고 싶지 말자고
약속해 놓고
아무 것이나 그리워지네
아무 것이나 아름다웁고
아무 것이나 소중해 지네

양우아파트 가동 504호에서

흐르는 불빛들에 쌓인 언덕
언덕 위의 가장 높은 5층에 서서
흘러가는 불빛들을 바라보면
불빛 속에 묻어있는 축복
불빛 속에 녹아있는 사랑들이
손짓하며 아는 척 한다.

아무런 믿음도 없이
왜 사람들을 사랑하게 되는가
왜 미움을 넘어
마음을 부비고 싶은가

추억을 깨달은 자의 슬픈 모습이여

조용하게 끝나 버린
지난날의 사랑한 기억은 가슴 아파라.

아름다운 시절이 지나간 자리에서
항시 귀를 기웃거리며
추억을 깨달은 자의 슬픈 모습이여.

바다가 미쳐 쓸어가지 못한
바다의 흔적을
썰물 때의 해변에서 보듯이
나의 썰물 곁에서
생활이 미쳐 쓸어가 버리지 못한
나도 모르는 상처를 본다.

생명

우리들의 웃음 속에
건져내는 것은 무엇?

우리들의 슬픔 속에
떠오르는 것은 무엇?

우리들의 아픔 속에
저려오는 것은 무엇?

이도 저도 아닌
살 속에 섞이어
파도치는 저 소리는 무엇?

벙어리

손짓한다.
슬픔의 몸짓으로
사랑과 기쁨을
손짓한다.
소리, 말
허무한 것은 모두 버렸다.
들려오는 것 하나 없는
세상에서
말없이 말하기 위하여
소리 없이 듣기 위하여
사물과 사물이 서로 다가가고
서로 헤어지는 것을
엿보며 배웠다
겨울 잎새 뒤에 떨며 숨던 달처럼
외롭고 외로운
고요보다 더 깊은 고요
적막보다 더 큰 적막 속에
보이지도 않는 어느 날이 오면
마음으로 말하려고

오늘은
손짓한다.
슬픔의 몸짓으로 손짓한다.

바람의 말

내 뜨거운 피 식히려고
바다로 갔지
바다에도 식지 않는
내 피 식히려고
다시 돌아왔지.

어디에도 내 뜨거운 피
식힐 곳 없어
내 뜨거운 피 저절로
식을 때까지
이곳저곳 달려가는
바람이 되었지.

그대 창가에 다가가

이 세상을 밝혀주는 등불이 되어
그대 창가에 다가가
위로해 주고 싶었다.

이 세상을 지키는 한 등불이
어느 날 다가와
나를 위로하며
나의 실패를 어루만져 줄 때

그대 창가에 다가가
이 세상 어느 가장자리에 하나
남아 있는 등불이 되고 싶었다.

산새를 날리는 시인

사람 가까이서
사랑과 평화의 사상까지
낳지 못하는 쫓기는 새가 되어버린
성북동 비둘기의 신세처럼
오늘의 병든 산란은
잊혀진 곳으로 떠나가는
떠나가는 곳으로 잊혀지는
이름 없는 산새나 된다.

백두, 한라, 금강, 설악……
산마다 가고 싶은 곳으로
아무 씨앗도 불씨도 몰고 올 수 없는
갈망의 부리
으깨어진 채
사천 삼백 개의 혀가 불타는 노을을 넘어
명산의 한치 숲이나 얻으려고
산새는 날아간다.

종소리 모두 묻히는 이 땅
쓸쓸한 거리에서 마음 부비며
산새 날리는
시인이여! 시인이여!

돈에 대하여

우리가 사는 세상
돈에는
피 냄새가 묻어 있네.

피 냄새에 섞여 있는
사랑이나 아픔이나 미움
우리들이 참아온
그런 것들 다 잃어버린
다만 피 냄새만이.

돈에는
이야기들만 담겨 있고
담겨 있는 이야기들이
만드는 도시.

우리들이 무엇을 슬퍼할 수 있고
무엇을 또한 기뻐 할 수 있는가
그의 손바닥 안에서

돈에는
피 냄새와 추억과 도시
또 눈물도 긴 강이 되어 누워 있을 뿐.

밤, 그는

발자욱 소리 없는 검은 발바닥
더욱 조심스레
무수한 빛의 올과 싸우지 않고
슬며시 스미어 그는 온다.

촌락과 도시, 나라와 나라
땅, 바다, 사랑하지 않는 곳 없어
어둠의 약속을 몰고
달려오는 힘 센 주자

뿌려대는 어둠의
부리 억센 깨움
살아있는 것들은 일어나
비약하며 혹은 하강하며
그의 심장에 입 맞춘다.

검붉은 피가 흐르는
비릿한 웃음의 품속에서
모든 싹

일제히 눈뜬다.
비밀의 눈 뜬다.

숲에서

그 숲에서 꽃피기 위하여
꽃잎 위로 지는 별이 될까.

그 숲에서 나무가 되기 위하여
잎새 위로 내리는 빗물이 될까.

그 숲에서 부는 바람이 되기 위하여
떠도는 요정의 휘파람이 될까.

그 숲에서 우는 벌레가 되기 위하여
아무렇게 뒹구는 돌이나 될까.

당신이 야유하는 나의 피

당신이 야유하는
내 가슴의 피를 투명한 유리잔으로 하나 가득 부어
당신에게 주면
당신은 보리.
막 딴 콜라처럼 물방울 튀는 내 오욕의 입자를

정결한 고독과 자유가
용해되지 않는 은단 같은 일상을 떠밀어 던지는
아니 그 역으로 시작되는
투신과 상승의 경이로운 분수놀이

당신이 야유하는 나의 피는
어쩌나 투명한지
온갖 것이 멈추지 못하고
당신의 야유마저도 아프지 않게 투과한다.

시간의 마차

나에게도 채찍을 다오.
열두 개의 문을 지나
돌아오지 않는 마차를 휘몰아
달아나는 맹목의 시간
그 등어리를 때릴
세찬 의지의 채찍을 다오.

아, 가자.
그래, 너도 태우고
네 개의 하늘
열두 개의 문을 모두 빠져나와
시간의 토막들이 쏟아져 오는
문을 향하여 함께 가자.

아무도 적시지 않은
시간이 고여 있는 연못에서
얼룩진 권태와 피로의 바퀴를 닦고
존재의 새싹이 아무렇게 돋아나 파도치는
시간의 바깥
검푸른 들판으로 우리 가자.

고독의 끝에 서서

나는 기다리지 못한다.
내 몸이 썩어
무덤의 잔디로 되살아나는
그 긴 시간을

나는 참을 수 없다.
내 영혼을,
내 영혼이 참고 지내는 사랑을
끝끝내 나는 참을 수 없다.

바다로나 가야지
물고기들이 나를 갈기갈기 뜯어가는
저 깊고 차가운
푸른 바다로 나 가야지.

깊고 깊은 저 우주
나는 한낱 별빛이나 될까.
숨 막히는 고요나 될까.

신탄진*

담배는 신탄진을 피운다.
하늘을 마시고 하늘을 내뿜는
귀한 자유를 싸게 살수 없어서……

소시민의 피로한 생활을 피워 물면
감당하기 힘든 고독의 무게가
입술에서 허물어져 내려
순환의 푸른 연기로 가볍게 타오른다.

힘든 보행의 중간쯤에서
한모금의 깊은 흡연은
내면의 세계로 잠겨들던 집념을 헤 짚고 불 밝혀
다시 나의 보행은 시작된다.

담배는 신탄진을 피운다.
하늘을 마시고 하늘을 내뿜는
귀한 자유를 싸게 살 수 없어서.

---

* 지금도 그렇지만 담배 값이 오를 때는 새 담배가 나온다. "신탄진"이라는 담배가 새로 나왔고 그 담배를 사 피우기가 경제적으로 부담스러웠던 시절, 나는 이런 시를 썼다.

64

우리들의 사랑 1

의식의 갈피가 한 장씩 넘어갈 때마다
나의 애인은 그 소리를 들으려 한다.
그녀 귀는 몇 갠가
숨겨 넘길 때에도
바람에 소리 없이 흩날릴 때도
그만큼 몰래
그만큼 빠르게
페이지마다 가득
커다란 그녀 눈을 뿌려준다.
그녀 눈은 몇 갠가
아아 그러나 하나
그녀의 심장에서 잘리워진
그 많은 눈과 귀의
심장의 이유는 단 하나.

우리들의 사랑 2

우리들은 어느 날 깨어나
그것이 꿈이 아님을
다시 꿈꾼다.
그럴 때 그것이
비어있던 낭하에 갑자기 가득 차는
수런거리는 소리가 되고
처음 듣는 새로운 노래에 섞여
우리들 머리카락 끝에 머무는
뜨거운 갈망의 손짓이 된다.
우리의 약속 어느 날
깨어나 다시 꿈꾸는 동안.

우리들의 사랑 3

산문의 지루한 구절처럼
습관의 거리를 아무 생각 없이 지나다가
한 점 날카로운 사랑의 바람에 문득
우리는 깨어난다. 어느 날
거대한 지구의 진동에 놀라 깨어나듯

기다란 강 하구에서
두 마리의 물새처럼
우리는 몸을 닦는다.
흰 물을 튀기며

낡은 우리들의 사랑과 거짓의 기억들이
새론 광명에 빛 쪼개지는 새벽별같이
아침의 우주 저 밖으로 사라질 때
애인이여, 함께 새벽바람을 마시자.

생일에 부치는 사랑노래 1
— 스무 살의 명은에게

사람들이 모여와 너의
스물 한해의 아침을 향하여
웃음을 보내어 줄 때
가볍게 손 흔들어 줄 때
네 생애의 가장 쓸쓸한 자리를 나는
남몰래 기대어 가마.

태어남이 다만 축복이 아닌 것을
하늘의 별과
별빛이 쏟아지는 강이
늘 소리 없이 속삭이듯
네 전 생애의 밤을 위하여
나는 단 한 번의 등불을 켜마.
그리고 너의 탄일에 보내어진
사람들의 수없는 축복을 넘어 나는
약속의 영원한 진실을 위하여
기도하마, 기도하마.

생일에 부치는 사랑노래 2
— 스물 두 살의 명은에게

달리 표현할 수 없구나
사랑한다는 하잖은 한마디 말 밖에는
어떠한 아름다운 수식도
가슴의 바다로
쳐 들어오는 이름 지을 수 없는 밀물의
몇 방울 물푸레밖에 되지 못해
나는 달리 말할 것이 없구나
23세의 명은을 위하여
22세의 명은을 깜짝 놀라게 내가 해줄 것은 무엇?

내가 사슴이라면 너는 꽃사슴
내가 배암이라면 너는 꽃뱀

이 세상 어디에서 다시금 무엇으로 태어난다 한들
너는 다만 나의 암컷인
너 23세가 되는 명은에게
너를 경이롭게 내가 해줄 것은 무엇?

어느 날의 사랑

사랑이었지.
못난 기억의 손금에
자꾸 자꾸
홈파는
못 견딜 사랑이었지.

뒷걸음질로
밟고 되밟고
무너지는 안개 너머
언제나 부신 빛

그리고 다시
눈망울 속으로 스며와
글썽이는
글썽이는 빛의 속살

이슬이었지.
그대 속눈썹에 맺혀
영원히 기억의 풀섶을 구르는
싸늘한 이슬이었지.

나의 아내에게

공주를 낳으시고
왕자를 낳으시고
나의 왕국의 온갖 모욕과
나의 왕국의 온갖 불행을
함께하신
나의 여왕폐하께
나의 작은 왕국의
영광도 함께 드리리

세상의 온 왕들의 간택 중
나의 간택을 받아들인
단순한 여자이었던 당신에게
내 왕국의 반을 떼어
당신을 나의 여왕으로 봉함.

나의 딸 윤지영

한돌 6개월 되는 나의 딸
윤지영의 3월 잔디 같은 연푸른 생명
문득 우리를 일깨우는
그 돋아나는 존재의 빠른 소리

가지사이를 푸르릉 푸르릉 날아다니며
늘
산의 언어를 이어가는 설악의 산새처럼
우리의 무딘 부리를 떠나
그녀의 작은 입술로 가벼이 옮겨 앉는
경이로운 언어의 새

공허로운 어느 날의 오후
텅 빈 고독의 잎새들이
한모금의 깊은 담배에 섞여
흩어지는 연기를 향하여
그녀는 작은 손을 흔든다.
안녕 안녕

이유 모를 연기를 향하여 작별의 손을 흔드는
한돌 6개월 되는 그녀의 눈망울 속에
고여 가는 기억의 강
나는 숨을 죽이고.

3월에 기다리는……
— 개학의 교시탑 곁에서

젖은 동면의
깊은 휘장을 한자락 접은
그리움에 깊이 스민 눈들이
돌아오는 강의 물살처럼
3월의 일광속을 걸어 들어와
조용한 갈망의 눈을 뜬다.

광장의 가족 —
성 금요일의 날짜를 물은 여인에게나
말없이 돌아서 웃는 안타까운 자들에게도
나비처럼 옮겨 앉는
무언의 애무가 보인다.

뿌연 아침의 자유항을 향하여
새롭게 흔들리는 진동에 실어
모두 흔들어 보내고 싶어라.
황량한 종일을 느껴 울은 벗들이여.

긴 겨울의 낭하를 빠져 나와
한 철 인내한 서로의 사랑을 펴고
비어있는 숲을 채우는 합창.

3월은 전선에 걸려오는 전차처럼
거짓 없는 약속을 싣고 경적을 흔든다.
3월에 기다리는 우리의 기대여.
기대의 살갗에 와 닿는 찬란한 노래여.

부산, 겨울 아침

겨울 부산 아침을 자네 보았나?
항구의 아침 안개를 가로질러
정박의 고동들이 날아와 용두공원의 수목을 휘감고
기다란 해안을 향하여 평화롭게
바닷풀 젖은 눈을 뜨는
부산, 겨울 아침을 자네 보았나?

만선의 입항 알리며
딸랑딸랑 손종을 흔드는 늙은 어부의
착한 눈빛 속으로 억센 하루가 시작되는
바다의 시민.
그들 식구의 건강한 생애를 자네 보았나?

외항선이 실어오는 바닷소리 엿들으며
아이들의 꿈은 깊어가고
섬들의 기슭을 따라
동백꽃들이 희게 기침하는
따스한 겨울 아침

영도며 자갈치가 무릎을 맞댄 채
그 큰 바다의 문을 여닫고
물수레 끄는 조랑말의 희뿌연 입김이 흩어지며
거리가 온통 바다고기처럼
푸른 비늘을 털고 일어서는
부산 겨울 아침을 자네 보았나?

솔직성과 대중성의 시인

— 정호승(시인)

　얼마 전 나는 느닷없이 윤홍선 형의 전화를 받았다. 그 전화는 윤형과 헤어진 지 약 12년만의 해후를 알리는 전화였다. 나는 설레는 마음으로 윤형을 다시 만나, 시의 불꽃에 불붙고 있는 그의 모습을 남 몰래 발견하게 되었다.

　윤형과 나는 1968년 대학에서 만났었다. 전공학과는 서로 틀렸지만 서로 '시를 공부한다'는 마음 하나로 쉽게 어울려 다닐 수 있었다. 그는 중고등 학교 때 이미 그의 문학적 재질을 인정받았던 문재(文才)로, 전국 각 대학의 백일장이나 문예현상모집에 번번이 당선되곤 하였다. 그러나 그는 대학에 입학한 뒤로는 "시를 쓰는 사람들의 행동적 패배주의나 허무주의만을 바라보고 거기에 잘못 물들까봐" 시와의 결별을 선언하고 스스로 시와의 충돌을 피하며 지금껏 살아왔다.

 그는 지금 국가공무원의 생활을 하고 있으나, 한때는 건축 청부업을 하기도 하며 세상의 어지러움 속을 어지럽게 떠돌며 돌아다녔다. 그러다가 어느 날 문득 그는 스스로 내팽개친 시를 생각하였으며, 시를 통하여 앙상한 겨울나무 가지처럼 되어버린 자신의 영혼을 구원받고 꽃피우고 싶었다. 그래서 그는 마침내 시의 힘과 눈물의 갈등에 이끌리지 않을 수 없게 되어 따뜻한 어머니의 품속 같은 시의 고향으로 돌아와 노래 부르기 시작하였다.

 10년이 넘도록 시를 헌신짝 버리듯 버려왔다는 열등감과 어리석음의 단순성에서 벗어나 "이 땅에 탁월한 시만이 존재해야 하기 때문에 스스로 시를 쓴다는 것이 주제넘게 생각된다."는 자신의 과민성에서도 이제 벗어날 수 있게 되었다. 그는 나에게 "글 쓰는 사람 만난게 10년 만에 네가 처음"이라고 할 만큼, "내가 시를 다시 써도 정말 될까?"하고 주저하고 고민할 만큼 까마득히 시를 잊고 살아왔으나, 사실 그동안 그의 정신적 삶의 뿌리는 문학적 예술성에 깊게 실뿌리를 내리고 있었다고 보아진다.

 아무 것도 미워하지 말며/아무 것도 사랑하지 말며/아무 것도 갖고 싶지 말자고/약속해 놓고/아무 것이나 그리워지고/아무 것이나 아름다웁고/아무 것이나 소중해지는 윤홍선은 이제 어쩔 수 없이 시를 쓰면서 살아가지 않으면 아니 될 서 영원한 시의 동반자다. 괴롭고 황량한 시대의 이

들판에서 묵묵히 시의 길을 걸어가야 할 숙명의 시인이다. 그는 이제 사랑과 고통의 열매를 씹으며, 시에 대한 부활의 지를 키우며, 밤마다 시의 꿈을 꾸지 않으면 않게 되었으니 나는 참으로 기뻐하지 아니할 수 없다.

  윤홍선의 시집 『바람 부는 곳에 누워』를 내가 몇 번이나 읽고 느낀 것은 이 시대를 살아가는 한 평범한 청년으로서의 괴로운 솔직성이다. 그의 시는 너무 솔직하고 진술하여 거짓에 이르는 언어적 기교나 허구성이 잘 보이지 않는다. 따라서 그의 시를 읽으면서 전해지는 감동은 어떤 복잡한 감성의 절차나 난해한 상상력의 회로를 통해서 느껴지는 것이 아니라, 있는 그대로의 진실한 솔직성을 통하여 느껴지는 감동이다. 이러한 감동은 그가 그만큼 시대와 삶을 받아들이는 자세에 있어서도 솔직하고 정직하다는 것을 나타낸다.

  언젠가 그는 나에게 "시와 인생을 일관성 있게 바라보고 싶다." "시란 결국 삶을 올바르게 이끌어 나갈 수밖에 없는 것이다." 라고 말하면서 "현장과 사물 속에서 살아가면서 느껴지는 분노와 주체할 수 없는 욕망들이 시를 통하여 느껴질 때 내갈기듯이 시를 썼다."고 고백한 적이 있다. 시를 내갈기듯이 썼다는 그의 고백은 시에 대한 그의 태도와 방법을 나타내는 말로 이해되는데, 이것은 그가 감성의 언어적 절제와 기교를 통해서 시를 쓰는 시인이라기보다, 감성의 언어적 솔직성에 의하여 거침없이 무기교의 기교를 표출하는 시인이라고 볼 수 있는 말이다. "시는 많은 사람들에게 감동의 공감대를 울려줘야 한다."는 그의 말대로 그의 시는 솔직성과 대중성을 바탕으로 하고 있으며, 이해의 언덕을 넘기가 쉽고, 전달의 속도가 빨라, 감동의 대중적 폭이 무척 넓다.

> 무엇을 어떻게 쓰란 말이냐
> 그 많았던 열망과 그 많았던 싸움과
> 그 많았던 분노, 슬픔, 음모들의 분명한 이유
> 그 이유들이 빼앗아간 시간
> 나는 무엇을 쓰란 말이냐
>
> —「이력서」 일부

위의 시에서도 쉽게 알 수 있듯이 그의 시는 표현의 속임이 없고, 꾸물꾸물대거나 어정어정대지 않는다. 감성의 토로가 직선적이며, 정직성과 솔직성에 그 바탕을 둔다. 조직 사회의 한 평범한 구성원으로서 부딪치는 사회적 현실과 정치적 질서에 대해서도 그는 한사람 시민으로서의 생활의 분노와 슬픔을 언제나 거침없이 노래함으로써 남성적 시의 힘을 얻는다.

그의 이러한 남성적 시의 힘은 이 사회가 요구하는 한 개인의 이력에 대하여 결국 아무 것도 쓸 수 없다고 주장하는 힘을 가진다. 그의 지금까지의 이력은 결국 타인이 빌려준 기억의 이력일 뿐 그는 아직까지 자기 자신이 어떻게 살아왔다고 감히 주장하지 못한다. 그것은 결국 오늘을 사는 사람들이 가지고 있는 속성이 다 그러하듯이 그의 삶 자체가 타인에 의하여 강요된 삶이었으며, 사회의 구조적 모순이 요구하는 대로 이끌려 다닌 사회적 타자의 삶뿐이기 때문이다. 그러나 그는 이제 시를 통하여 사회적 무의지의 삶에서 벗어나, 자아의지의 삶을 실현하고자 한다. 가장 짧은 시를 가장 아름답게 쓰는 한 시인으로서의 삶을 선택하고 기뻐하고자 한다. 시가 슬픔만으로 되지 않고, 시가 아름다움만으로 되지 않는다 하더라도, 따라서 괴로운 삶의 어려움이 날마다 뒤따른다 하더라도 그는 이제 "사랑의 질서를 가진 한 장의 종이 위에" 시인이라고 쓸 수 있음으로 해서 삶의 이유와 시의 이유를 발견하고자 노력하고 있음이 분명하다.

그의 이러한 새로운 삶의 의지를 생각하면서 그의 시를 다시 한 번 찬찬히 들여다보면 그는 참으로 고통을 다스릴 줄 아는 고통의 시인이다. 정신적 육체적 생활의 일상에서 나타나는 인간의 욕망과 고통을 겸허하게 그는 낮출 줄 안다. 그의 시를 읽으면 오늘을 생활하는 평범한 인간의 눈물 젖은 목소리가 어디에서나 들려온다. 이 땅의 정치인들에게 "우리의 작은 평화마저도 불타지 않도록" 부탁하면서, 그는 우리가 살고 있는 이 땅이야말로 소망과 희망의 땅임을 은근히 재확인시키기도 한다. "이 땅에 새로 피어나는 꽃향기를 껴안고" 지금이야말로 새로운 민주적 역사의식을 가져야 한다고 그는 또한 주장한다.

어둠과 밝음이 오늘

유난히 아름답다.

종합청사, 기획원, 미 대사관 불빛들이

마구 쏟아져 오는 이 광장

밤 깊어 저 혼자 외로운 광장

— 「중앙청 광장」 일부

"밤 깊어 모여드는 이 없는 중앙청 광장"을 "저 혼자 외롭다"고 느끼는 윤홍선 시인의 마음은 사실 역사의 바람 앞에 마냥 쓸쓸하다. 텅 빈 중앙청 광장으로 쏟아지는 미 대사관의 불빛을 바라보며 그는 무엇을 생각하는 것일까? 이민 가고 싶은 자를 위하여 이민수속을 해주는 자신의 모습을 소스라치게 발견하고 윤홍선 시인은 쓸쓸히 그만 술의 노래를 부른다.

이만큼 술에 취했을 때는

술의 노래를 부릅시다.

술 취한 것보다 더 취한

세상에서

술을 위한 노래를 부릅시다.

— 「술의 노래」 일부

"술 취한 것보다 더 취한 세상"에서 한줌의 명예에 취하는 정치인을 위하여, 작은 질서에 매달리는 평범한 사람들을 위하여 술의 노래를 부르며 흥얼흥얼 돌아가는 윤홍선 시인은 어쩔 수 없이 "이문동 행 버스를 기다리며" "서울의 풍경" 속에서 사라지는 "사람의 풍경"이다.

그러나 그는 이제 이 시대의 벌판에서 사나운 바람을 맞으며 "추억을 깨달은 자의 모습"으로 당당히 서 있을 것이다. "손짓을 하며 슬픔의 몸짓으로 사랑과 기쁨을 손짓하며" 말 없는 자의 말, 벙어리의 말을 하며 꼿꼿이 서 있을 것이다. 날마다 시를 통하여 객관적인 정당성과 솔직성을 획득하고자 노력할 것이며, 스스로 만나는 인간과 사물의 모습을 기뻐할 것이다. 한때는 시를 쓴다는 일의 허무주의적 행동에 빠져 시를 버렸으나 이제는 끝없이 시를 사랑하는 사람이 되어 인간의 삶을 사랑의 삶으로 환원시킬 것이다. 사랑으로 이 세상을 사랑하면서 살아가는 인간의 아름다움을 발견할 것이다.

그래, 이제는 결코 시를 잃어버리지 않을 나의 친구 윤홍선, 그대는 바람 부는 시대의 광막한 이 벌판에 서서, 부디 '시를 쓰는 행동가'가 되라.

이 시집은 1986년에 발간된 두번째 시집이다.
나의 30대 초중반에 쓰여진 시들이다.
격렬하고 혼란스럽던 시대에 한사람의 공무원으로서,
젊은 한 자유인으로서, 스스로에게 보내는
위로의 노래들이 필요했다.
누구나 시간속에서 외로움과 사랑을 안고 또 나누며
살아가겠지만, 스스로에게 보내는 위로의 형식은 다르리라.
나는 시를 썼다.
노래이기도하고 시간의 동굴 속 벽화이기도 했다.
많은 사람들이 마음의 하늘에 별이 되어주기도 했고,
어둠이 되기도 했다.
또 많은 순간들이 기쁨과 슬픔의 화석이 되었다.

2018. 10월 어느날

바람 부는 곳에 누워 나의 生涯에 섞여있던
극복하지 못했던 고통과 슬픔과 욕망들을 생각해본다.
이 시대의 한 평범한 젊은이가 자신의 肖像을
더듬어 보는 일이 지금 과연 意味가 있는 일일까?
부끄러움 속에 나는 자위한다. 意味가 없다면
理由만이라도 남으리라.
잊혀져가는 詩에 손을 내밀어 사람이 사람에게
외로움으로 다가가는 그런 理由만 이라도……
또 깊은 밤 잠 못 이루며 뒤척이는 내 머리맡에
볼펜과 종이를 준비해주던 아내의 사랑만이라도
남으리라.

詩의 잠을 깨워준 조병화 교수님과 친우 정호승에게
거듭 깊이 감사를 드린다.
이 책을 펴내는데 도와준 한국경제 여러분과
이중훈 사장께도 고마움을 보낸다.

1980년 4월 20일

윤 홍 선  제 2 시 집

외 로 움 은 별 이 된 다

시를 왜 쓰느냐는 확실한 이유도 신념도 없이
나는 시를 쓰며 살아간다.
때로는 시인들의 시에 대한 선언이나
시의 의미에 대한 명료한 규명의 말을 들으면
잘못 살고 있는 사람처럼 위축되기도,
미안하기도 하면서……
그러나 시를 사랑하며 나는 살아가고 있다.
나의 가까운 이웃이나 사랑하는 사람들이
한 편의 나의 시를 읽으며 자신의 삶을 한 번쯤 반추하며
나의 외로움을 바라볼 수 있다면 나는 행복하다.
한 편의 시를 읽으며 우리가 갖고 있는 거리가 조금씩
좁혀진다면 나는 더 행복하다.
시간의 어마어마한 풍화작용 앞에 마주 서서
우리가 함께 살다간 이 시대와 우리의 모습이 어떤
사랑의 흔적으로 남겨질 수 있을까 다시 생각에 잠긴다.

1986년 6월

너에게

사랑하는 것은 떠나버린 시간에 남아 있는 것인가
저무는 강가에 날개를 접고
흐르는 물 바라보면
떠나간 물과 다가오는 물이 모두 다르다
사랑은 나 자신을 위하여 시작했지만
너에게 내 시간의 옷을 모두 입혀주고 만다
오늘도 또 하루 이 도시의 밤을
먼 불빛 바라보듯 건너뛰어도
너의 잠을 나는 깨울 수 없구나
나는 무엇과 더불어 한 세상 살아가랴
살아서 무엇에 가까이 다가가랴
모두가 떠나버린 시간의 동굴에 혼자 남아
보이지 않는 어두운 벽에 너를 새긴다

겨울편지

이 겨울에는
어리석음을 부끄러워하지 않기로 했습니다
빛나는 나라들의 어둠이
그 빛을 죽일 수 없듯
이 어둡고 추운 겨울에는
나의 나라의 어둠과 슬픔을
감추지 않기로 했습니다

노량진 사육신 묘지 언덕받이 위로
개나리꽃 무더기로 봄을 기다리고
제1한강교 동쪽 얼어붙은 강물 위로
붉은 해 또다시 떠오르면
저 차가운 강물 위로 다시 한 해를 건너며
편지를 쓸 수 있는 행복을
사랑하는 사람들을 위하여 띄우겠습니다

눈 내린 거리에 소녀 하나
헤어지는 사람들의 아픔 사이로
다시금 머나먼 길을 떠나면

이 겨울 분단의 부끄러움 속에서
우리들 삶의 정처없음도 이루어지기를
하나의 추억이 완성되고
하나의 슬픈 사랑도 완성되기를

다시 잠수교를 지나며

다시 잠수교를 건너간다
강물 위에 두고 두고 맺혔던
안개 속을 지나간다
지난해 겨울은
어디선지 청둥오리떼들이 날아와
잠수교 강물의 얼음을 깨뜨리며
참으로 말도 많은 겨울이었다. 봄이었다.
아무런 마음의 떨림도 없이
새벽 잠수교를 지나며 나는 날마다 기다렸다
누군가 전한 말을 가슴 메어 말 못하고
새벽 추위에 입김을 불며
버스를 탄 몇 명의 사람들이
이 세상에 남은 모두인가
오늘도 새벽 안개에 가려
세상엔 아무것도 보이지 않고
강을 건너온 흘린 불빛 하나
내 가슴속에 물결쳐 흔들린다
서울의 변두리에 숨어 사는
그들의 추운 새벽꿈에도

저 강물의 흐린 불빛은 흔들리는가
버스를 타고 지나가는 12월의 이 캄캄한 새벽
서울의 불빛 하나 밝히지 못하고
나는 마음마저도 가난한 이웃 옆에서
언제나 내 작은 행복도 부끄러웠다.
물 흐르는 소리 이제 안개 속으로 파묻힌다
지난 한 해는
잠수교 위로 비가 내리고
비 내릴 때마다 한 마리 청둥오리처럼
우리들의 사랑도 잠겼다 떠올랐다
우리들 삶의 모든 떠남과 꿈
이제는 기다려서는 안 된다
새벽 버스를 타고
다시 잠수교를 건너간다
강물 위에 두고 두고 맺혔던
안개 속을 지나간다.

숙직

종합청사의 건물을 혼자 지킨다
전기난로를 켜놓고 깊은 겨울밤
텅 빈 복도를 지나가본다
아무도 없는 불 꺼진 방들에
시간들이 고여
분주한 사람들이 버리고 간 시간들이 고여
재떨이 위에서
내 담배의 한 가닥 푸른 연기로 피어오른다.
전기난로의 붉은 빛은 어두운 거울의 저편에서
사람들이 버리고 간 꿈까지도 붉게 물들게 한다
직각으로 내려다보이는 현관에는
경비원이 서성거리며
그 자신의 어둠을 지키며 서서
다가오는 추위와 시간을 향해
눈 묻은 외투깃을 세운다

부술 수도 덮을 수도 없는 것 때문에

사람들은 왜 취하나
왜 취기는 을지로-영동-무교동을
흘러다니나, 흘러다니며 늙어가나
그러나 변함없는 술의 손
취하여 무엇을 계속 달래야 하나
취하여 우리는 단단해지나, 무너지나
자신의 십팔번 노래를 흥얼흥얼
노래 부르며 어디로 돌아가나 사라지나
육교도 만들고 부수고
지하도도 파고 덮고
새로운 전철역도 만들고
고물차들은 폐차시키고 시끄럽게 정치도 하고
그러나 부술 수도 덮을 수도 없는 것 때문에
술 취하나
취하여 오늘도
또 한 사내 돌아오나

늦봄비

기초공사가 겨우 끝나고
흙 채우기를 하다가 늦봄비를 만났다
벽돌더미며 철근들이 비어 젖고
잡부들의 방통 메꾸기는 계속되었다
소리 없이 온종일 내리는 비와 그들의 땀으로
화양리 신축가옥의 공사현장은 젖고 젖어
우리들의 삶이 다시 떠오르는 저녁
새참 때는 소주를 마셨다
목수 박 씨의 신나는 여자 이야기로도 지우지 못할
빈 들의 놀보다 막막했던 우리들
소주는 빗물처럼 묽어져
머리칼이며 어깨며 가슴이며 마구 적시고
야방막사 천정으로
가설등이 술집 작부처럼 켜질 때까지
내 젊은 욕망처럼 그치지 않던 비 늦봄비

건축사 주한열

부음을 받았다 조전
그가 50평생 지은 지붕들만 서울에 남아
이름 모를 사람들을 안식케 하고
그는 신통치 않은 서울 변두리의 농부의 집을 개수하여
살았다
동대문 빌딩 부도로 망해버린 이후
평화를 배워
그가 지은 집들은 든든했다
몇 년 연락 못한 사이에
무소식의 평화를 작은 소란 속에 살면서
그는 서울에서 죽었다

어깨를 적시는 9월의 비

내 몸속 모든 피가
뜨거운 혀이기를 바랄 때가 있었다
화염으로 솟아
잠자는 들판이나 먼 바다로 쏟아지고 싶었다
베트남, 볼리비아 어디든
남의 나라 전쟁에라도 뛰어들고 싶었고
원양어선을 타고 북극해 어디쯤에서
찬 바다에서 내 심줄처럼 튀는 고기라도 잡고 싶었다
한없이 흐르고 흘러 어디쯤 멎는 데서
찬 술 한잔 마시고 그때사
그리운 것들을 바라보고 싶었다
그러나 오늘에 매일 작아지며
오늘에 매일 숨차하며
식어버린 피에 안심하며
나는 예까지 온 건가
아무곳으로도 쏟아지지 못하고
9월의 비 식어버린 도시로 내리는데
식은 채 도시는 젖기만 하는데
나는 끝없이 먼 바다로만 쏟아지고 싶었다

녹색별에서

싸움도 지고
아무것도 이루어지지 않은 날 밤에는
찬 술에 차가웁게 젖어 돌아온다
돌아와
이 지구에서 가장 먼 별의 이름을 불러본다
해왕성 천왕성 저 은하계의 별까지
별끼리 모여 다투지 않고 빛나는
밤하늘을 밤새 바라본다
별이 보이지 않는 밤에도
그들의 하늘에서 별은 빛나고
우리는 녹색에 휩싸여 떠돈다.

나리꽃 해후

나리꽃 바라보며 잃었던 봄의 불길 살아나
내 눈빛 가득 새로운 노래
어디에서 피어난 꽃에
너는 너의 삶을 담고 우느냐
나는 나의 꽃을 나리꽃이라 부르고
나리꽃 위에 내 슬픔을 모두 퍼담고
나리꽃 핀 언덕 꽃의 그늘에 앉아
우리들 그리운 시간처럼 흐르는
강물을 바라보느니
보이는 물결 위에 반짝이는 햇빛
내 마음을 갖고 흐르는구나

광화문

보고서는 언제나 상투적이다
낱말과 낱말이 얼마나 사람을 무너뜨리는가를 알게 된다
광화문 종합청사에서 내려다보면
8월 태양의 폭력 아래
은행나무들은 무심히 몸을 흔들고
차들은 달린다 사람들은
던져져 있는가 걷고 있는가
역사 속에서
우리들의 익숙한 무표정은
가장 정당한 모습으로 떠오르는 듯하다
낙엽은 무엇인가 별은 무엇인가
강물은 숲은, 바람과 달과 저 떠도는 구름은
모두 이 도시에서 떠오르고 지고 흘러가도
우리에겐 보이지 않는다 다만
황금빛 의자와 수단과 힘
보고서는 상투적일 수밖에 없다

아들의 모습을 바라보며

아들아 너를 껴안고
오늘 저녁 나의 아파트에서
네가 이 세상의 무엇을 위해 태어났는지
무엇을 위해 살아야 할지
갑자기 마음 아프다

아파트 지붕 위에는 유난히 별 많은 밤하늘
네 누이의 잠을 깊게 하고
창문마다 내려비치는 불빛
눈 내린 광장으로 흐른다

광장의 아스팔트 위를 어느 날
롤러스케이트를 타며 너는 넘어지고, 넘어지고
눈 내린 길 위에 눈사람도 만들었다 너는

그러나 아들아
잠자는 너를 껴안고
너와 나의 서로 다른 길을 생각해보며
오늘 나는 너의 눈사람이 된다

내가 너의 어머니에게
어떤 외로운 사내로 나타나
우리끼리 우리의 어둠을 지우며
오늘 함께 사는 것은
어쩔 수 없는 우리의 외로움 때문이었다.

아들아 너는
나의 어쩔 수 없는 무엇으로 태어났느냐
언제 세상의 어느 기슭에서
나를 껴안고 너의 외로움을 내게
말해주겠느냐 아들아

눈빛 속으로

눈 내리는 날입니다 사람들의 이마 위로 가슴 위로
그들이 서로 사랑한 순간의 눈빛 속으로
끝없는 벌판을 만들며 눈이 내립니다

시간이 시간을 덮으며
우리들이 다시 돌아오는 길을 따라
내리는 눈은
새로운 손바닥으로 우리의 뒷모습을 어루만집니다

나는 이마 위로 흘러내리는
흰눈들의 춤을 바라보며
이 세상 움직이는 모든 사물들의 꿈을 생각합니다

사물들이 눈을 맞으며 눈 덮인 나무가 되고
눈 덮인 강이 되고 눈사람이 되고
눈 속에 파묻히는 어두운 땅이 됩니다

얼마나 많은 사람들이 시간의 눈 속에 덮이어 나뉘어 졌
습니까

얼마나 많은 사랑들이 시간의 순간을 멈추게 하였으며
슬퍼하고 혹은 불붙어
스러지는 재 속에 하나의 가슴으로 묻혀 있는 것입니까

또 우리의 비어 있는 눈빛 속에
시간을 눈 내리게 하여
어느 날 돌아올 수 없는 추억 속에서
눈 내리는 집들을 바라보며 서 있게 하는 것입니까

언제 나는 노래 부르나

조용필 노래에 소리 지르는 여자애들은 무엇을 소리 지르나
그들의 최면과 감동과 미침은
우리를 어느 좋은 나라로 이끌어가나
노래의 나라로 만들어주나

노래 들으며
즐거웠으나 부러웠으나
우리들 소리 지르지 못하던 어린 날이 그리웠으나
아무것도 소리 지르지 못하는 오늘이 부끄러웠으나

이 땅에 남아
평화와 사랑을 나는 노래 부르지 못하고
기쁨의 손뼉 한 번 치지 못하고
언제 나는 낮은 목소리로 노래 부르나

노래 부르지 못한 사람들을 위하여
소리 지르지 못한 날들과
사람들을 위하여 노래 부르나

끝없이 깊어가는 겨울의 끝에서
모두 하나의 별을 만날 수 있을 때까지
그들이 그들의 사랑을 다시 만날 수 있을 때까지
언제 나는 노래 부르나

외로움은 별이 된다

누구의 외로움 곁에 다가서 본 적이 있는가
함께 마음이 무너져본 적이 있는가
풀꽃을 꺾으며 길을 걷거나
강물을 건너 시간을 건너
사람들에게 그대 사랑의 쓸쓸함을 말하며
묘비를 세워본 적이 있는가
외로운 사람들이여
불붙는 모든 것은 다시 재가 되고
흙 속에 뿌려져 이름 모를 나무로 다시 피어나고
혼자 부르는 이름이나 노래가 되어
기억은 빛나는 별이 된다
사람들의 생애가 땅에서 이루어지듯
별의 생애가 사람들 기억의 수만큼
어두워지는 하늘에서
하늘에서 피어난다

봄편지

개나리꽃 보내고 눈물 난다
노란 꽃잎 자꾸 생각난다
꽃의 웃음 꽃의 눈물
슬퍼하며 무너지던 날의 기억
개나리 혼자 이른봄 피어나
그 꽃잎 지고 푸른 잎새로 피어날 때까지
사랑한 것을 더욱 외로와한다
외로움의 그림자 속에서 눈물 난다
개나리꽃 보내고 눈물 난다

등대에서

밤바다에 깨어나
인간의 세계로 돌아오고 싶은
사람을 위하여
인간의 불빛 하나 비추었네

보이지 않는 해류로
쏟아지는 별들
밤바다의 그림자 속으로 흩어지고
인간의 어떠한 불빛으로도
어둠은 지울 수 없었네

우리들의 땅 위에 남아 있는 어둠처럼
깊고 깊은 죽음과 사랑
끝없이 출렁이고
불빛 하나 떨면서 저 홀로
추위와 그리움으로 우리가 가야 할
어둠의 밖으로 떠나갔네

밤파도 위에 깨어나 다시
무신호를 보내었네
인간의 세계로 돌아오고 싶은
별들을 위하여
인간의 불빛 하나 비추었네

나의 담배와 함께

손가락 사이로 시간을 흘리면서
물보다도 더 부드러운
시간의 살에 내 손가락은 주름지고
세월이여

더듬어볼 수 없는
싸움과 추억의
손가락 사이로 흩어진
그리운 내 세월이여

아무것도 기다릴 수 없었던
강물에 모든 그림자 던지고
함께 돌아갈 수 없으리라
한없이 투명한 시간의 연기 속에

꿈의 조각 남아 타오를 뿐
모두 떠나가리라
언젠가 스스로 다가가
시간의 품에 안길 때까지

겨울여행

눈 내리는 긴 겨울밤
아들아 너를 위하여
내가 아는 인생을 모두 말해주고 싶다
어려운 날이 더 많았지만
행복한 날도 많았다
돌아가고 싶은 곳은 늘 길이 멀고
우리는 이만큼 떠나와
한겨울 밤을 오늘같이 지낸다
눈 내리는 창가에 서서 바라보면
내리는 저 함박눈도 따뜻하다
오늘도 한 잔의 술을 마시며
길고 긴 꿈속 같은 시를
너에게 읽어주고 싶다

우리가 살아온 것은

무엇인가
꿈이 되어 부서지고
다시 비어 있는 희망으로 남아
어둠 속에서
푸른 아침까지 걷게 하는 것은

털어내버리지 못할 여의도 안개
보이는 듯 보이는 듯 이 커다란 도시에서
모두 휩싸여 홀로 걷고 있는
무형의 기류가 되어버린 우리들

사랑을 믿을 수 있는가 아직
슬프고 노래 부를 수 있는가

탐욕의 그늘은 길목마다
툭 툭 어깨를 치고
무차별로 돌 던지는 너의 젊음들과
투구를 쓰고 얻어맞은 나의 젊음들
오늘도 멀리서 바라보며

토요일 오후에는 고 스톱 비 내리면……

전쟁이 우리들 유년의 들을 떠돌고 혁명도
끊임없이 머리 위를 지나가며
기억의 부스러기만 남아
우리가 살아온 것은
무엇인가 다시
어둠 속에서
푸른 아침까지 걷게 하는 것은

비는 우리를 깊이 젖게 하였으니

너에게 바칠 수 있는 것이
단지 마음 하나뿐이라 하더라도
순결을 사랑하는
마음 하나뿐이라 하더라도
우리를 적시며
어느 날 내리는 비와 함께
사랑은 우리를 깊이 젖게 하였으며
어제의 외로움보다 더 깊은
외로움을 알게 하였으니
바칠 수 없는 세상의 모든 것을
너는 용서하라

떠남의 말

무엇 때문에 한 줄 시로 쓰나
사람들이
그들의 추억의 완성을 위하여
상상력의 완성을 위하여
혹은 자유의 완성을 위하여
내리는 어떤 비를 맞으며
떠나는 곳에서 부르는 노래
길끼리 만나 길끼리 헤어지는 노래

저녁길

우리가 아직 노래하지 못한 것은 무엇인가
노래하지 못하여 무엇이
추억의 뿌리 속에 남은 그리움이 되어
돌아오는 저녁길의 기다란 그림자에
쓸쓸한 불빛으로 흔들리는가

지하철 역에서나 거리에서나
사람들은 무심히 내 곁을 지나가고
그들의 눈짓과 목소리 속에
도시에 갇힌 우리들의 노래가 문득 보일 때
무엇이 이 도시에서
우리를 서로 말없이 헤어져 가게 하는가

내가 아침에 일어나
자는 아이들의 얼굴에 입 맞추며
내 아파트의 철문을 열고 나올 때에도
노래하지 못하여 무엇이 우리를
이 도시의 어두운 거리로 나뉘어지게 하는가

가을

마음 가벼이 떠나가게
저 잎새들처럼
바람과 별빛으로 몸 물들어

저들이 돋아난 줄기를 떠나가듯
마음도 함께
몸 가벼이 떠나가게

저 투명한 공간으로
스쳐간 모든 것을 향하여
봄, 바람, 여름, 그리움

모습이 없는 것들이 우리를 더욱 열렬히 움직였듯
보이는 곳에서 보이지 않는 곳으로
몸 마음 모두 떠나가게
너의 이름과 함께

해풍

바닷가에 나가
불어오는 바닷바람 맞아보아라
얼굴을 스쳐 지나며 문득문득 보이는
바람의 모습 보일 때까지
우리가 사랑을 오래 숨겨온 것은
오래 추억하기 위한 준비였듯이
바닷바람은 저 혼자 불어와
저 혼자의 외로움 속에
바다가 된다.

파도

바닷가 어느 바위 기슭에 혼자 앉아
바위를 향하여 맨몸으로 부딪혀
오는 물의 습격을 바라본다

부서지며 더욱 열렬한 물의 노래
저 물의 부딪힘은 목적도 이유도 없다
따로 숨겨논 꿈도 없다

후회도 없다 먼 곳에서 달려와
서로 사랑한다
가득한 태양의 빛 속에서 바다는

내 눈 속으로 스며와 진한 눈물이 되고
부드러운 바람의 손으로 다시 거두어
파도 위에 뿌린다.

여의도

대정부질문이 밤늦게까지 있던 날
여의도 국회의사당의 지독한 안개를 빠져나오면서
차도 없는 나는 욕했다
내 상관과 나를 스쳐 지나는 차들을
도대체 이 섬에 왜 와야 하는지
왜 욕하고 싸워야 하는지
그래도 여의도 아름다운 강물과 불빛
추억 같은 안개
안개의 춤 속으로 걷는 것은 즐거웠다
사람들이 계급처럼 단단해지는 여의도

잘려진 노래

우리는 늘 마음껏 행복할 수 없었다
즐거움은 늘 반쯤씩 죽이고 웃었다
무엇이 우리를 쫓아다니며 엿보았는가
우리의 희망까지도 엿보고 있는가
무엇이 시간의 눈 속에 덮여
검은 숯덩어리 눈을 뜨고
기다리는 눈사람으로 남아
봄이 오면 스스로의 몸을 녹여 형체 없이
민들레 꽃씨가 되었는가
산맥에서 산맥으로
뻗어나가 어디쯤에서 잘리어졌는가
꿈을 빚어 고려청자로 이조백자로
둥글게 둥글게 다듬어 하늘을 담아
언제 다시 우리는 깨어나는가

바둑을 두면서

빈 들에
한 알의 돌을 두면서
한 알의 의지를 놓으면서
좌절을 부수면서
패배가 패배가 아니도록
승리도 승리가 아니도록
흑백의 의미가 무너지도록
우리의 시간이 만나
빈 들에 나를 둔다 너를 둔다
남겨지는 승리에서
떠나자 자꾸 떠나자
패배와 승리를 만나게 하기 위하여
우리들의 어둠을 무너뜨리기 위하여

부는 바람에

피끓는 내 심장 화석이 되어 어쩌하리
천년 만년 땅 속 깊이 묻혀
피도 살도 뼈까지도 흙이 되어
이루지 못한 꿈 그리워하며
사라져가는 이름을 어쩌하리
묻힌 몸 잔디로 피어나
부는 바람 내리는 눈비에
씻기고 흩어진다 할지라도
지워지지 않을 내 피며 추억이며
잊지 않는 혼이 되리, 혼자라도 혼이 되리

눈 내린 그 먼 추억을 위하여

1
그날 거리에는 끝없이 내리던 눈
사람들의 외로운 이마 위로
도시의 별빛이 흘러내리고
우리는 헤매었지 우리들의 정처없음을
거리와 거리를
도시의 불빛들 함께 흘러가며
뜨거운 꿈 하나
남아 있는 것을 알았지 거리에서
우리들의 사랑

2
떠날 수 없었지 모든 방황을 버리고
시간과 시간 계절과 계절
그 굽이마다 우리들 슬픔의 무게
슬픔마다 맺힌 사랑의 무게
살면서 우리들은 이따금 멈춰서서
"과연! 우리들! 삶!" 하고 소리쳤지
꿈을 완성하기 위하여

꿈을 꿈이게 하기 위하여
꿈이 남아 있게 하기 위하여
"꿈! 꿈! 꿈!" 하고 소리쳤지
우리들의 사랑

3
돌아가던 길
길끼리 만나 길끼리 헤어져
돌아가던 길
어둡고 어둡던 뼈아픈 외로움의 빈 터
늘 눈이 내렸지
그 긴 겨울의 외투 위로
흐르는 곳마다 언 강 위에는
도시를 가로질러
불빛들 정처없이 흘러가고
다시 눈 속에 파묻히던 그 먼 도시

가면 속에서

외로울 때가 가장 위험한 순간인 것을
아무도 모른다
도시에 비가 내리는 동안
고인 빗물 속에 우리의 얼굴이 떠오를 때까지
단단한 어깨 위에
어두운 도시의 별똥별을 가득 달고
도시의 불빛에 번쩍이며 걸어간다
가면 속에서 도시의 빛깔로 웃고 울고
모두 자신의 그림자와만 걷는다
도시에서
외로울 때가 가장 위험한 순간인 것은
아무나 사랑하게 되고 마는 것 때문이다

1980년 5월, 달과 한잔

오늘은 도시의 화염에 얼굴 그을려
아파트의 창문 기웃거리는 달아
내 너에게 무슨 이야기 해주랴
일그러진 얼굴로
알루미늄 창틀에 얼굴 자르는 달아
사람들의 수많은 변신의 모습 너 슬프냐
어둠의 벌판에 홀로
모든 별들의 등을 어루만지며
깨어진 이름없는 별들의 꿈마저 안고
흐르는 달아
나의 술편지 한잔 받아다오

술잔

한 세상 사는 것 정처없는 일이야
이 한 잔 속에 오늘이 사라지듯
내일 또 모레
우리의 잔 속에서
마지막 남은 사랑도 용해되겠지
사람들은 그리움의 노래를 부르고
부르다가 덧없이 웃고
가슴에 취기를 가득 채워
어느 들길의 풀잎처럼 꽃잎처럼
스스로 놀을 만들어 저물어지면
나는 돌아갈 마지막 사람이 되어
술잔 속에 남아 있는
나의 시대를 마신다

술집에서

너는 수많은 싸움을 하면서
서울 하늘 가르며 나는
떼기러기처럼 그렇게 살아가지만
내가 너에게 반한 건 그게 아니다
모든 투쟁을 끝내고 돌아가던
어느 날 밤의 쓸쓸한 너의 얼굴
떠올라도 떠올라도 보이지 않던 서울의
어디엔가 숨어버린 너의 여자
비어 있는 서울 거리에서
서부영화의 사랑처럼 남으려는 너희들의 사랑
술 취하면 부르는 너의 목쉰 노래들이다
너는 싸움과 가난을 무슨 독립운동가처럼 자랑하지만
나는 비난하고 너는 또 나를 비난한다
나는 또 너를 비난하는 대신
어느덧 함께 목쉬어 부르는 우리들의 노래 속
푸른 강물 속으로 흘러서 간다 종균아
우리는 오늘 이만 싸우자
식민지가 아닌 이 땅의 내일 다시 깨어나
치열한 네 삶 분단의 강을 바라보자

아내와 시

지난날보다 시가 뜨겁지 못하다고
아내는 말한다
지난날보다 단단하지 않다고
무엇인가 사라져간다고
내 외로운 시의 가장 오랜 확실한 독자인 아내는
요사이 내 시에 감동하지 않는다

외로움이 사라져가기 때문이라고
꿈도 가난도 사라져가기 때문이라고
매일 마시는 술과 아침 운전과 뜻없는 만남 속에서
우리가 쌓아온 이 작은 부마저도
나에게 치미는 것들을 잠들게 하여
더욱 외로와지고 만 것인가

그렇다 지난날은 우리의 두 눈은
작은 것을 갈망하며
빛나는 별과 함께 살았다
어떠한 힘도 권력도 나를 다스릴 수 없었다
다만 그리움만이

새벽별을 바라보며 걷게 하였을 뿐
그리움 속에 외롭지 않았다
월간지에 시와 함께 실린 나의 사진을 바라보며
쓸쓸해지는 나의 아내여
이제 멀어진 그 목소리를 그리워하는
나의 시여 아내여

그날의 수첩

1. 뒷골목에서

잔술을 사 마시다
잔술에도 취해
서울의 그리움과 외로움을
사랑하는 것을 배우다
불빛 속으로 내리는 함박눈에게
어둠과 소란을 덮는 노래 배우다
모닥불에 몸을 녹여가며
얼어붙은 도시의 별이 되어 흐르다
눈 그친 길을 따라

2. 귀가

서울역 탑에 걸려 있는 초승달
배를 타고
서울 거리를 노 저어
내 방랑의 노
젓고 저어 따뜻한 나의 땅까지

파도를 내 노로 자르며
다가가다
그 땅은 언제까지
나를 따뜻하게 할 것이며
언제까지 나는 그 땅의
따뜻한 꿈이 될 수 있을까

3. 한 남자의 무덤 속

오늘도 술을 마시다
밤을 품에 안고
꿈을 만들면서 흘러가다
아침에 꿈 깨며 흐르는 아내의 눈물
아내의 눈빛 속에서
어제를 후회하다
한 남자의 무덤 속에
외로울수록 추억이 빗물처럼 고이고
젖어 있는 내 머리칼을
아내의 흰 목에 파묻다

4. 다시 아침

잠수교 낮은 난간으로 강물을 건너다
차창 밖 언 강 위에 청둥오리 몇 마리
강의 얼음을 깨지 못하고
서울로 온 것을 서러워하는 듯
다시 목을 빼면 먼 하늘로 날아가다
내일은 내가 새가 되어
날아가야 할 땅은 어디일까
사당동에서 광화문까지
오늘은 청둥오리떼가 보고 싶어
얼어붙은 강물 곁으로 다리를 건너다

성남 가는 길

홍수에 넘어진 벼 세우러
벼끼리 누워 있는
성남 가는 길 뻘흙 논에서
벼 일으키며, 일으켜 짚으로 묶으며
농사일이 이렇게 어려운 건가
긁혀 피 맺힌 손목을 바라보며
아직도 우리는 농군을 위하기는 멀었지
아득하지 막걸리 한잔에
성남 가는 4차선 도로가 흔들흔들
흔들리며
무엇을 돕는다고
우리는 아직 멀었지
우리 스스로의 인생처럼
아직도 아득하지
우리의 계급과 재산과 이름을 다 바쳐도
멀었지 웃으며 돌아가다
다시 마시는 한잔 술처럼
스스로 자신의 집을 지키는 그만한 사랑도 멀었지
우리가 일으켜야 할 표상의 길도 멀었지

포장마차 속에서

카바이트 불빛이 발 아래로 떨어져
차가운 어둠 속으로 사라진다
포장마차 속에서 우리는 모여앉아
뱀장어 두 마리를 굽는다
껍질 벗겨져 피 흘리는 뱀장어 두 마리
어느 바다를 끝없이 헤매이다가
오늘 한잔의 소주에 섞여
도시의 연기로 피어오르나
바다의 기억은 탄불로 타오르고
한 점 살을 구우며
붉게 물드는 우리
내일은 어디로 사라져가야 하는가
온갖 사랑했던 사람들을 두고
사랑마다 철철 피 흘렸던 상처
어디에다 살을 구워야 하는가
구워져 영혼은
연기로 흩어져야 하는가

찬술

찬술을 마셔도 마음은 따뜻해진다
혼자 남지 않으려고 모두 찬술을 마신다
도시의 거리들만 차가웁게 젖어
뜨거운 우리 마음 비빌 수 없고
모두 떠나는 사람
떠나는 꿈과 노래
얼어붙은 거리만 남는다
따스한 불빛을 찾아
돌아가는 사람들은 찬술을 마시면서
마음을 데운다
찬술을 마셔도 마음은 따뜻해진다

재미없는 세상

모두 무슨 재미로 세상 사나
사람들은 말한다
겨울 오후의 햇빛이 어제 마신 술을 이제 겨우 삭일때까지
창 밖으로는
무수히 지나는 자동차들 사람들
새로 짓는 고층빌딩 한구석에 못 치는 사람 하나
십이월 늦은 햇빛 속에 우리 모두 한 덩어리 풍경이 되어
저 땅 위의 자유와 꿈과 부서진 것들 모두
싸움과 사랑과 하루의 벌이와
이루어진 것과 이루지 못한 것과 이루어야 할 것과
부드러운 흰 살로 덮여진 우리 모두
무슨 재미로
세상 살고 있나
이제 죽으면 흰 살 모두 썩으면
저 땅으로 다시는
돌아올 수 없겠지
돌아와 함께 싸울 수도 사랑할 수도 없겠지

이 도시의 먼지로 가로수 잎새로 떠돌겠지
그래도 또 태어나면 나는 다시 돌아와야지
이 재미없는 세상으로
이 재미없는 세월 속으로

술노래

이렇게 술 취하고 싶은 날에는
한잔 즐거움에 취하고
한잔 슬픔에 취하고
취하지 않은 사람을 위하여 취합시다
이렇게 술 취하고 싶은 날에는
이 세상 내리는 모둔 눈을 맞으며
이 세상 내리는 모든 비를 맞으며
사람으로 태어난 것을
아름다운 것이라고 말합시다
이렇게 술 취하고 싶은 날에는
우리가 함께 바라보는 이 세상
섞여지지 않은 꿈 섞으며
거리에서 거리로
슬퍼하며 남아 있는 사람을 위하여
술잔을 권합시다

오늘

지금 내 마음속에 있는 것은 왜 오늘이 아니고
어제일까 왜 지난 날들이 마음속에 접혀
오늘 푸른 하늘의 뭉게구름처럼 피어오를까
내일을 위하여 아무런 준비도 없이
왜 어제의 그리움만이 여름 해변의 타오르는 모닥불처럼
내가 만난 사람들의 얼굴을 붉게 떠오르게 하고
오늘의 모든 어려움과 지친 일들을 잊어버리게 할까
잊어버리고 부르는 노래들은 슬프고
슬픔 속에 젖은 사람들의 모습마저 더욱 슬픈 우리들의 삶
따뜻한 생의 불길과 행복은 왜 어제에 있고
오늘은 없을까 오늘은 그저 정처없을까

그날 밤 나는 시를 썼다

"아직 시라는 것이 남아 있는가?"라고
그날 밤 그가 말했을 때
말하며 웃었을 때
그것이 그의 말이 아니라는 것을
나는 알았다
시라는 것이 우리 생활에 무슨 필요가 있느냐는 것을
시가 쓰러뜨린 나의 모습을
쓰러뜨려 짓밟기만 한 상처를, 시간을
나는 알았다, 알았다
심장이나 가슴에
화석이 된 피로 그리움으로
희미하게 죽어가다가
세상의 아름다움을 향하여
저 혼자 다시 불붙어 타는 혼
그날 밤 나는 시를 썼다
세상에 미쳐갈 때에도
무너져 사랑할 때에도, 억울할 때에도
시가 불쌍해서
"밥도 못 먹여주는 시여" 하면서

"아직 시라는 것이 남아 있는가?"라고 말하며
그날 밤 나는 시를 썼다

1969년 대설의 설악과 우리들 이야기

그해 세상을 덮을 듯 끝없이 내리던 눈
눈 속에 파묻혀버린 설악동 눈구경을 떠나자고
청량리 역에서 만나기로 했지
파묻힐 곳 없던 그때의 우리들

젊음과 혁명을 어디엔가 묻기 위하여
어디론가 떠나보내기 위하여
우리 함께 헤매는 마음이 되자고 했지

그러나 나는 중앙선 완행열차를 끝내 타지 못하고
너만 혼자 떠났지 눈나라로
서울에 버려진 내 마음

여자·커피·팝송으로 가득 찼던 서울 거리
뒹구는 깡통 같은 외로움을 나는 감당 못하고
신음 같은 나의 욕정을 찾아 헤매며
갓 배운 담배연기에 젖어간 그해 겨울

설악동 눈길 위에 너는 자꾸 미끄러지고 미끄러지고
헤매임의 노래 눈가루로 날리며
언제나 유리창 밖으로 눈 내리는 이야기가 되었지

엽서에 실려온 너의 귀환, 또 떠남
깨뜨려진 약속
그 위로 무수히 떨어져 쌓이던 시간의 눈발

아무것도 사랑할 수 없었지 아무것도
열렬했던 우리
서울의 외진 어느 하늘을 군림했던 우리

의미

자신을 이기는 것의 의미
자신을 이기지 못하는 것의 의미
자신을 찾아 헤매는 것의 의미
이 모든 의미의 무의미
다시 무의미를 끌어안는 사랑의 의미

입맞춤

꽃잎을 한 장 너에게 주겠다
책갈피 속에서 두고 두고
붉은 빛 다듬어 온 장미 꽃잎
그래도 다 말 못할 입술 한 장 네게 주겠다

詩로써 살게 하는 것
— 윤재근(문학평론가)

　詩人 윤홍선은 詩라는 열쇠를 호주머니에 넣고 삶의 현장
으로 나와 삶이라는 것 때문에 이리저리 낮을 보낸다. 그에
게 낮은 오히려 캄캄한 밤이다. 그 밤에 부딪칠 때마다 그
는 호주머니에서 열쇠를 끄집어내서 자물쇠의 구멍에 넣고
돌려서 빛을 차단한 문을 열어보고 캄캄한 삶의 이곳저곳
을 만나고 간다. 삶이 왜 밤처럼 캄캄한지 속이 아플 때에
도 그는 호주머니의 열쇠를 만지면서 멈추지 못하고 바퀴처
럼 돌아야 한다는 것을 수시로 확인하며 스스로 놀라는 신
경을 그는 잊지를 못한다. 그래서 사람들이 스치고 가거나
돌아서 가는 삶의 문 앞에서 그저 멈추고 호주머니 속의 열
쇠를 만지작거리며 캄캄한 문에 걸린 자물쇠를 그냥 두지
못하고 삶의 자물쇠를 열어보아야 발걸음이 움직이게 된다.

윤홍선의 시들은 이처럼 캄캄한 삶의 문을 열어서 없는 빛이라도 있어야 한다는 생각을 버릴 수 없다. 그래서 시라는 열쇠로 캄캄한 삶의 자물쇠를 끊임없이 그는 열어야 한다.

나는 이마 위로 흘러내리는
흰눈들의 춤을 바라보며
이 세상 움직이는 모든 사물들의 꿈을 생각합니다.
—「눈빛 속으로」일부

이처럼 시인은 "눈빛 속으로" 걸어가고 싶은 것이다. 백색이어서 은빛처럼 밝은 눈이 그대의 이마이든, 남들의 이마이든 하여튼 춤을 추어주니 캄캄한 자물쇠로 잠겨진 틀 속에 있는 삶이란 사물들이 간직한 꿈들을 잊을 수가 없다는 것이다. 잊을 수 없는 일은 환희일 수도 있고 동시에 고뇌일 수도 있으며 기대하게도 하고 동시에 절망하게도 하는 것이어라. 시인은 못 잊어서 말을 해야 한다. 시인이 생각한다는 것은 있는 것보다 없는 것이 있었으면 하고, 나아가 있어야 한다는 욕망 때문에 어쩔 수 없이 상상해야 한다. 시인은 날마다 호주머니 속의 시라는 열쇠를 만지면서 "흰눈들의 춤을 바라보며" 자물쇠 여는 짓을 하지 않고는 견딜 수가 없는 관계로 생각해야 한다.

시인의 생각 속에는 항상 분노로 시작해서 용서로 증오로 시작해서 화해로 이어져야 한다는 삶의 소망이 반딧불처럼 사라질 수가 없다. 아무리 분노하거나 아무리 증오하거나 아니면 아무리 자신만만하게 삶의 빗장을 밀어젖힌다고 하여도 인간이 끌어가는 삶이라는 수레는 이런 소리 저런 소리로 자갈길에 부딪치는 찰음을 낼 수밖에 없다는 것을 뚫어지게 본다. 참으로 시인에게 비치는 인간이란 진실과 거짓, 선함과 악함, 그리고 아름다움과 더러움이 적당히 안배되어 함께 있다. 인간의 마음과 육신 속에 이처럼 얽혀 있다는 것을 알고서 시라는 열쇠로 열어보기에, 살아가는 힘을 줍는다.

왜 욕하고 싸워야 하는지
그래도 여의도 아름다운 강물과 불빛
추억 같은 안개
안개의 춤 속으로 걷는 것은 즐거웠다
사람들이 계급처럼 단단해지는 여의도

— 「여의도」 일부

시인은 "안개의 춤 속으로" 걸어야 한다. 그는 "춤을 추어라" 그리고 "노래를 하라"고 삶에 대하여 시로써 한사코 요구하고 싶지만 그렇게 되지 않는 것은 언제나 호주머니 속의 열쇠와 삶의 빗장에 걸려 있는 자물쇠는 항상 떨어져 있어야 하는 현실이 있는 까닭이다. 그는 그 까닭을 아파하여 낮이면 "사람들이 계급처럼 단단해지는 여의도"를 외면할 수 없게 된다.

어제의 외로움보다 더 깊은

외로움을 알게 하였으니

바칠 수 없는 세상의 모든 것을

너는 용서하라

                    —「비는 우리를 깊이 젖게 하였으니」일부

시인은 우리로 하여금 告解하게 한다. 그 자신도 호주머
니 속의 열쇠를 매만지면서 비에 젖어야 하고 외로워해야
한다. 젖는다고 노여워 마라, 젖으니 차라리 깊게 마음속까
지 젖어서 모든 것들을 용서하라. 이처럼 시인은 비를 그냥
맞지 않고 비가 내려 젖어야 하는 것들을 생각한다. 용서를
생각한다. 참으로 유난히 神을 찾아가서 기도하면서 용서
라는 呪文을 아뢸 필요가 없으니 시인의 호주머니 속에 시
라는 열쇠는 언제나 용서하는 춤을 추도록 자물쇠를 열어
준다.

사람들은 왜 취하나

왜 취기는 을지로-영동-무교동을

흘러다니나, 흘러다니며 늙어가나

그러나 변함없는 술의 손

취하여 무엇을 계속 달래야 하나

                    —「부술 수도 덮을 수도 없는 것 때문에」일부

시인은 열쇠로 여는 짓을 해야 한다. 비에 젖는 것도 용서하는 것이고 술에 취하는 것도 달래는 일이다. 용서하는 일, 달래는 일이 시인의 심중을 떠나지 못한다. 누구를 용서하고 달래며 무엇을 용서하고 달랠 것인가? 이러한 질문은 별것이 아니다. 그에게 캄캄하게 밀려오는 삶의 事物들이 임립해오지만 비켜서지 않고 마주 서서 삶의 자물쇠가 아무리 녹이 난들 시의 열쇠로 열어서 한아름의 빛살을 던져주고 싶은 사랑이 있을 뿐이요, 용서가 있을 뿐이요, 달램이 있을 뿐이니, 상처입은 캄캄한 삶의 사물들이여, 사람들이여, 그래도 춤을 추어야 한다. 아니라면 춤이라도 추어야 할 것이 아닌가! 그래서 자물쇠를 열듯이 시인은 시라는 열쇠로 만물을 열어야 한다. 그에게 말하는 것은 시로서 "춤을 추어라"고 빛살을 뿌리는 일이다. 술로써 취한다고 만족할 수 없는 것은 부술 수도 없는 것이 삶의 문에 달린 자물쇠요, 덮을 수도 없는 것이 그 자물쇠이기 때문이다. 그러므로 시인 한사코 열리는 말씀을 열쇠이듯 해야 한다.

> 내가 너의 어머니에게
> 어떤 외로운 사내로 나타나
> 우리끼리 우리의 어둠을 지우며
> 오늘 함께 사는 것은
> 어쩔 수 없던 우리의 외로움 때문이었다.
> ——「아들의 모습을 바라보며」 일부

시인은 호주머니 속의 열쇠를 내놓아 보인다. 인간이 외로움을 갖는 순간 그 옆에 시가 있게 된다. 인간이 오만할 때는 시를 모르다가 겸허해지면 시의 소리가 들린다. 어쩌면 인간은 자신의 아들 앞에서는 모든 것들이 벗겨지고 만다. 말하자면 겸허한 고해가 이루어진다. 물론 이런 깊은 속은 대화로 되는 것이 아니라 비에 젖듯이 그저 소리없이 젖어지는 순간을 맞이해준다. 시인은 이처럼 삶의 휴식을 취하게 하는 시의 소리를 듣게 한다. 삶을 쉬는 일은 참으로 귀한 짓이다. 어쩌면 제 아들을 바라보는 순간이 그럴 것임을 체험하게 하니 이 역시 용서하라, 그리고 달래야 한다는 인간의 바램인 셈이다.

우리 스스로의 인생처럼
아직도 아득하지
우리의 계급과 재산과 이름을 다 바쳐도
멀었지 웃으며 돌아가다
다시 마시는 한잔 술처럼
스스로 자신의 집을 지키는 그만한 사랑도 멀었지
우리가 일으켜야 할 표상의 길도 멀었지

—「성남 가는 길」 일부

시인은 「성남 가는 길」에서 이처럼 말의 열쇠를 매만진다. 정치는 정치를 한다고, 사회는 사회를 한다고, 문화는 문화

157

를 한다고, 경제는 경제를 한다고 하지만 항상 인간은 "멀었지"란 말을 남길 수밖에 없다. 이것을 어떻게 한단 말인가! 삶에서 다했다고 말하지 마라. 여전히 "멀었음"을 인정하라. 그러면 삶이 무엇이며, 감동이 무엇이며, 지혜가 무엇인가를 부족하나마 나름대로 점칠 것이고 그래서 용서하고 달래고 사랑하고 기대하고 캄캄한 자물쇠의 삶이래도 춤을 추리라. 시인은 참으로 끈질기게 시라는 열쇠로 삶을 열고 트는 행동을 하면서 삶 앞에 앉기도 하고 서서 엉거주춤 바라보기도 한다. 그러나 외면하지는 않는다. 삶을 외면할 수 없는 것은 산다는 것, 살아야 하는 것, 살고 싶은 것이 항상 캄캄한 현실이어도 함께 하고 있으니 생각하는 연유가 있는 까닭이다. 이러한 까닭이 없다면 시인은 시를 짓지 않아도 될 것으로 보고서 시의 열쇠를 한사코 매만지게 된다.

> 새벽 버스를 타고
> 다시 잠수교를 건너간다
> 강물 위에 두고 두고 맺혔던
> 안개 속을 지나간다.
>
> —「다시 잠수교를 지나며」 일부

시인은 사는 것, 살아야 하는 것, 살고 싶은 것들이 "강물 위에 두고 두고 맺혔던" 셈이다. 시인은 어느 것 하나 그냥 하찮은 것으로 보지 않는다. 그러니 시인의 감각은 남달리

예민하고 시인의 눈은 남달리 맑고 시인의 귀는 남달리 밝아야 한다. 시인은 눈을 크게 뜨고 귀를 세우고 전신의 감각을 긴장하면서 호주머니 속의 열쇠로 캄캄한 삶의 자물쇠를 열어가야 한다. 그렇지만 항상 "안개 속을 지나간다"는 것은 어쩔 수 없는 일이나 그래도 춤을 추어야 한다.

> 나는 무엇과 더불어 한 세상 살아가랴
> 살아서 무엇에 가까이 다가가랴
> 모두가 떠나버린 시간의 동굴에 혼자 남아
> 보이지 않는 어두운 벽에 너를 새긴다
>
> ─「너에게」 일부

시인에게 "너"는 무엇이냐고 묻지를 말 것이며 누구냐고 따지지도 말 일이다. 연인이라 한들 어떠며 인생이라 한들 어떠랴. 하여튼 "보이지 않는 어두운 벽에 너를 새긴다". 이렇게 시인은 자신의 호주머니 속에 있는 삶의 열쇠로 삶을 열어보려고 말을 해야 한다. "너를 새긴다"고 함은 시인으로서 말을 해야 하는 까닭이고 들리게 해야 하는 까닭이다.

> 오늘도 술을 마시다
> 밤을 품에 안고
> 꿈을 만들면서 흘러가다
> 아침에 꿈 깨며 흐르는 아내의 눈물

아내의 눈빛 속에서

어제를 후회하다

　　　　　　　—「한 남자의 무덤 속」일부

　시인은 캄캄한 삶의 벽에 부딪칠 때마다 돌이켜 후회하다
가 다시 일어나야 하는 힘을 자신의 내면에서 건져낸다. 이
것은 그의 시가 보여주듯이 쓸쓸하면서도 그렇지 않은 삶
의 속을 들여다볼 줄을 잊지 않기 때문이다. 그러나 윤홍선
의 시는 그렇게 들여다보고 삶의 잔인함을 용서하는 쪽을
택한다. 이것은 현대인과 시와의 관계가 어떻게 연결되어야
할 것인가를 암시하고 있는 셈이다.

　이 시대에 용서하는 연습이 필요하고 겸허할 줄을 아는
연습이 필요할 만큼 어수선하고 들떠 있는 삶의 현장에서
시인은 외면할 수는 없다. 그러나 잔인한 삶의 벌판에서 방
황하라고 할 것인가, 분노하라고 할 것인가, 아니면 절망하
고 좌절하라고 절규해야 할 것인가? 이러한 기로에서 시인
은 한 발쯤 비켜서서 눈물을 말하고 쓸쓸함을 말하고 아
픔이라도 쓰다듬어야 하는 인내를 오히려 감내하려고 한다.
이것은 모질게 참고난 다음 모든 것을 용서하고 사랑하는
지혜를 담고 있다. 이것이 그의 시가 간직하고 있는 시적표
현의 힘이다. 이러한 힘은 그의 시를 깔끔하게 하고 긴장을
주고 그러면서도 일상적인 생활에서 어디에나 시가 있음을
확인시켜 준다. 그러므로 윤홍선의 시는 市井의 애환을 걸

러서 선뜻하게 들려주게 된다. 이러한 시 표현의 매력이 마치 호주머니 속에 간직된 열쇠처럼 닫힌 것들을 열어주는 말의 힘을 감각하고 느끼고 이해하고 판단하게 하면서 감동을 던지고 있는 것이다.

■ 제3시집을 다시 바라보며

1990년에 발간된 세번째 시집이다.
또한 30대 시절을 마무리하는 시집이기도하다.
시간과 시간이 만드는 낯선 공간으로의 이동과
또 그곳에서의 영혼과 삶의 궤적이 정처 없게
느껴질 때이기도 하다.
태양은 빛나고 또 도시로 어둠이 내리면
내가 걷는 시대의 능선과 지평은 언제나 아득했다.
많은 느낌과 각성들이 시간속에 묻히고
또다시 추억으로 깨어났다.
늦게나마 발간을 도와준 장석주 시인에게
감사의 말을 보낸다.

2018. 10월 어느날

윤 홍 선 제 3 시 집

추 억 여 행

며칠만 있으면 1990년대가 시작되는데 이 한편의 시집을 세상에 내보내는 것으로 나의 1980년대를 마무리하게 되어 무엇보다도 기쁘다.

많은 목소리들로써 많은 언어의 노래가 불리워지는 시대의 벌판에서 나는 나의 이웃과 벗들에게 낮은 목소리로 우리의 시대를 함께 실존하는 따뜻한 우정의 목소리를 들려주고 싶다.

우리가 서로 사랑하고 이별하고, 또한 함께 슬퍼하고 기뻐했던 순간들을 홀로 되새겨 봄으로써 또 하나의 의미를 남겨두고 싶은 것이다.

1986년 12월

빗속에 서서
— 이별 선언 1

사랑하고 말았듯이
이별하고 말자
이별이 이렇게 아프게 할 수 있을 때
사랑은 이별로써 빛날 수 있으리라

유리창 밖 도시의 캄캄한 밤을 향하여
낮은 목소리로 불러본다 너의 이름
잊었던 사람처럼 비는 내리고
너는 빗속을 밤새 걸어간다

사랑은 왜 절망의 그림자와 부딪쳐야 하는지
오늘은 비를 맞으며
밤새워 물어본다

비에 젖은 도시의 불빛들
저 가로수가 되어
가로수의 잎새가 되어
빗물 번득이며
끝없이 걸어가는 너를 바라본다

어둠 속에
— 이별 선언 2

오늘도 너를 지우지 못하고
세상 끝 어디메로
지는 노을 한쪽
끌어안는다

지워진 하늘로 어둠은 덮여 오고
아무것도 보이지 않는다

그리움처럼 떠오르는 별도
지울 수 없는 어둠 속에 숨고
그림자 하나
밤의 끝으로 쓰러져 간다

우리가 피운 꽃
— 이별 선언 3

사랑을 시작하면서 피던 꽃은
어디에 머리 기대고 넘어지는가

어느 땅 아래서 흙으로 지워지는가
오늘도 또 하루
지울 수 없는 너를 지우고

그림자 속으로 사라지느니
모든 묻혀버리는 것들 속에서
또 하나의 촛불을 나는 꺼야만 한다

또 하나의 노래
― 이별 선언 4

떠나야 할 시간이 되었다
시간의 눈 내리는 저편으로

너에게 다가간 발자국도
떠나온 발자국도
눈 덮인 길 위에 지워지리라

너도 나도 잠시 잊었던
세상의 먼지 속으로
상처와 아우성과 부서진 꿈
가슴 속에 그림 한 장 젖은 채로
또 하나의 노래
어두운 기억의 벌판으로 들려오리라

빈 길 위의 새벽별처럼
떨면서 얼어 붙은 시간
해마다 첫눈으로
잠들은 머리카락 적셔 오리라

진달래
— 이별 선언 5

너의 그리움이 되리
어느 먼 날 말없이
구름 떠가는 하늘을 바라보는
너의 눈빛이 되리
어느 봄밤
다시 살아나
바람이 전해 주는 별빛처럼
어둠 속을 흔들리며 다가오리

되돌아갈 수 없는 날들의
가슴 메어 말 못할 꽃송이
눈물 굳어 돌이 되는
너의 그리움 되리

담배 연기
— 이별 선언 6

한 개비 담배는 다만
불탈 뿐이다
그 불이
세포에 각인된 시간을 묻혀 나와
푸른 연기로 내 입술에서
흩어질 때까지

떠난다
그리운 시간들 그리운 만큼
허망했던 순간들
연기는 어느 허공에서든지
쉽게 흩어진다
입술에서 머리 풀며 무너졌던
수많은 개비의 나와 너

다시 사랑을 한다 해도
한 개비의 담배를 피워 물듯
한 개비의 순간으로
불타 흩어질 뿐이다

가을 하루
— 이별 선언 7

모든 것이 사라져가고 있는
들길에서
사라져가는 모든 것들을 나는 용서하였다
인간의 하늘에 떠 있던 약속처럼
흐르는 구름
가을 들 끝으로 사라지고
나는 빈 나무로 서서
커다란 가을의 품속에서
한줌의 갈대들과 함께
용서로 흔들리고 있었다

그리움이 된 죄[*]

— 이별 선언 8

그대 내 끝없는 그리움이 된 죄를 지었으니
내 그대를 끝없는 외로움의 벌에 처하노라

이제 그대 생애 깊은 계곡에서
나의 사랑보다 더한 사랑은 만날 수 없을 것이므로
깊은 밤길 헤매는 한 마리 사슴처럼
눈빛 깊고 깊어져 투명한 눈물로
그대 그 계곡을 헤매게 되리

눈 내리는 날에도 비 내리는 날에도
아무도 그 외로움의 장막을 걷지 못하고
모두 온 길 되돌아가며 그대 이름 잊어버리리

어느 먼 눈 내리는 날 그대
지난날을 회상하며
눈 속에 파묻혀 식어갈 때
나의 끝없는 그리움만이 그 하늘에 홀로 남아
흐려지는 눈동자로 끝없이 눈 내리리

그대 내 끝없는 그리움이 된 죄를 지었으니
그대 내 끝없는 그리움이 된 죄를 지었으니

---

* 젊어 죽은 시인을 위한 노래

싸락눈
— 이별 선언 9

떠나는 날은
눈이 내려야 한다
좁은 어깨 위에
싸락싸락 응어리진
싸락눈 내려야 한다
세상 하얗게 덮여
점 하나 걸어가는 모습
흰 눈 속에 보여야 한다
사람의 모습 모두 사라지고
남겨진 발자국
흰 눈 사이로 잊혀져야 한다

그대 떠난 곳
— 이별 선언 10

그대 마음 어느 가슴에 두고 떠났느냐
어느 텅 빈 가슴의 허공에
외로움이 되었느냐 그리움이 되었느냐
한 가슴 삼킨 눈물이 되었느냐
어느 허공에 그대 마음 두고 떠났느냐
세상에 남은 꽃 한줌
너 묻힌 흙 위에 던진다
그래도 별은 뜨지 않고
오늘을 위한 노래를 나는 부를 수 없다
그대 떠난 이유 때문에

무지개 때문
— 이별 선언 11

너를 가진 자만이 아름다울 수 있다
사랑할 수 있고 또한 이별할 수 있다

모두들 환상에서 깨어나라 말하지만
깨어난 곳은 어디였던가

이별이 떠남과 다른 것은
거기에 두고 온 하나의 무지개 때문이다

다시 강물 곁에서
— 이별 선언 12

이제 아무 그리움도 말하지 않으리
살아 있는 날들의 새로운 시작을 위하여
소리치는 저 물결의 새로운 노래를 위하여

지난날들은 죽고 말았다
시간의 묘지 위에
무덤과 무덤 사이 하나의 묘비명으로
우리가 돌아와 소리내어 기도할 때까지
지워지지 말라고 음각시킨 글씨처럼
잠들고 말았다

과연 지난 순간들은 아름다웠던가
말하지 않고 묻힌 날들이여

어떠한 그리움에도 눈뜨지 않고
사라진 이름으로 빛나는 그대
이제 아무 그리움도 말하지 않으리

겨울별

그대의 이름을 불러봅니다
그리움에게 사랑에게 별에게
세상에 떠오르는 온갖 아름다운 말 위에
낮은 목소리로 불러봅니다
그리움 길례 사랑 명은 별 지영

쓸쓸해지는 때에도 눈 내리는 때에도
그대의 이름을 슬픈 말 위에
더 낮은 목소리로 불러봅니다
낙엽 순자 노을 정희 첫눈 명은

그러면 또 눈은 소리 없이 흐느낍니다
기다리던 눈사람 모두 잠든 저녁
흰 눈을 밟고 홀로 돌아오는 발자국마다
그대의 흰 별빛이 눈부십니다

5월 숲에서

최루가스를 마신 새들이 숲을 떠난다
우리의 5월도 입에 물고 떠난다

숲에는 버리고 간 욕망들만
마른 가지 위에 겨우겨우 움트는 잎새로 피어나고
어떠한 노래 하나 부를 수 없었다

사람들은 두터운 표피의 가슴 속에
갇혀진 노래들을 헤집어보며
내일 소리칠 구호를 생각한다

서로 사랑하는 것도 모두 잊었다
망각의 강물도 없이
숲은 5월에 다시 시들면서 피어나리라

나는 5월의 끝을 걸어가면서
이 숲에서 떠나간 이름들의 눈물을 불러본다
저 숲의 가지들이 모두 흔들리는 5월에

첫술

그대의 이름 속에 잠겨
모든 혼란이 시작되었듯이
모든 깨달음도 만났다
열여섯의 푸른 밤
그대의 주술에 걸려
온몸 속의 피 처음으로
뜨거운 밤이었다
내 속의 피 아닌 것 모두 쏟고
겨우 머리 쳐들면
밤하늘의 별이 흐리게 흔들렸다
외로움 처음으로
이길 수 없었다
그대는 내게 숨어들어
절망의 끝까지 함께 걷고
다시 속삭였다
사람을 사랑하는 일에 대해서

첫눈

그 여자의 첫눈 속에
나는 넘어졌다
내 뺨에 닿는 따뜻한 타인의 눈물로
세상은 크게 흔들렸다
숨죽이고 있던 어떤 잎새들이
내 이마를 스치며 떨어졌다
내가 세워 놓은 탑들이
소리를 내며
무너졌다
첫눈에 덮여
취기처럼 젖어오던
사람의 이름 하나
태양이 떠오를 때까지
아침을 기다렸다
또 다른 잠속에서

별똥별

시인들이 파편 같은 시를
빈 공간을 향하여 던지고 있을 때
세상의 변두리로 사라지는 날카로운 별똥별의 꼬리

가을 바다

너와 이야기하고 싶다
오늘도 나만 버려진
깊어진 가을 바다에서
모래톱 위에는 지워지고 있는 발자국
사람은 늙어가고 말이 없어진다
물 속 깊이 밤을 기다리는 별은
소리치며 물결로 흔들리고
너를 한 장 묻어 둔 내 추억마저
푸른 파도로 밀려오는 가을 바다
사람들이 잊어버린
어떤 말없는 그리움에 대해서
나는 너와 이야기하고 싶다
물 묻은 별 하나 떠오를 때까지

오늘의 약속

너는 어제의 너가 아니고
오늘 나는 너를 그리워하는 채로
강물에 내 눈빛을 적신다

되돌아갈 수 없는 시간의 나라에는
떨어지다 허공에 멈춘 불타는 잎새
바람이 어루만지던
부드러운 너의 머리칼
너는 망각의 두터운 내 심장을 헤집고
오늘 더운 피로 내 속을 흐른다

그리움 모두 흘러도 닿을 곳은 없다
먼 시간의 나라로
강물 끝없는 침묵으로 흐르고
외로운 이름 하나
저 물 속으로 던진다

쌩 떽쥐뻬리에게

〈그는 나무가 넘어지듯 조용히 쓰러졌다
모래로 해서 소리조차 나지 않았다〉
그대의 어린 왕자는 그렇게 떠났다
그대의 별과 함께
늘 사라지고 싶었던 그대
별을 향하여
끝없는 비행을 아직도 하고 있으리
세상의 가장 아름답고 가장 쓸쓸한 풍경을 위해

미호천

밤늦게 눈 내린 미호천을 건넜다
저쪽 어느 도시의 불빛이 하늘 가득
두고 온 세상처럼 떠 있고
얼어 붙은 미호천 눈 덮인 언 강을
발자국 찍으며 길을 만들었다

북내면 들어가는 산기슭에서
헐벗은 키 큰 미루나무
달빛으로 단번에 나를 베고
그림자의 한 조각으로 나는 남아
한동안 멈춰서서
어머니의 숨은 빚쟁이를 생각했다

북내면 어디에 그가 산다는데
이 눈 덮인 처음 본 산야를 헤매며
나는 그를 찾을 수 있을까

예까지 달려온 증오가
한 그루 나무와 눈 덮인 길 때문에 넘어지고

낯선 잠속에 빠진 마을로 스며들어
새벽잠에서 깨어난
늙은 빗쟁이의 멱살을 흔들 때
문득 한 가닥 비애의 별빛이 나를 스쳤다

저녁 노을

때때로 지구 전체가
커다란 적막의 손바닥으로 보일 때가 있지

나뭇잎 떨어지는 소리 눈 쌓이는 소리
손바닥 위로 저녁 노을 고이는 소리까지
인간의 목소리 스쳐가면
지구의 저쪽에서는
누구의 것인지 한 줄기 보이지 않는
고뇌의 한끝 건너오지

다시 저녁 어둠이
도시에든 마을에든 허리를 굽히면
사람들 모두
스스로 위로받는 잠속에 빠져 들겠지

문명이 사람의 외로움을 해결할 수 있을까
손바닥의 바깥으로
그들의 별들은 또 떠오르고
들리지 않는 거대한 침묵 속에서

멈추지 않는 자전과 공전

때때로 지구 전체가
붉은 얼굴로 잠들어 가는 모습을 볼 때가 있지

나의 눈빛

친구여 나는 아직도 변하지 않았다
아름다운 여인에게 눈길을 보내는 것도
흐르는 구름 바라보면
눈빛 흐려지는 것도
사랑하는 아내 곁으로 돌아오는 습관도
아무것도 변하지 않았다

눈빛 속에 그리운 시간만이 어두워져가고 있으나
가슴 속의 뜨거운 노래 식어가고 있으나

귀가

아무것도 그대를 위로하지 못할 때
그대는 무얼 하시나
텅 빈 고무공처럼 쓸쓸한 저녁 귀가길
도시의 지평선 너머
떨어지는 하루 해를 바라보면
오래고 오랜 만남마저 쓸쓸해지고
어둠 속에 희미해지는 그대 뒷모습

젊은 술집 주인이었던 날의 기억

1
어두워지면
사람들은 모여들었다
햇빛 속에 감추었던
욕망의 뺨을 문지르며
술잔 속에 하루를 빠뜨렸다

저마다 저들의 노래로써
모든 것을 견디며
밤은 깊어가고
통금 시간이 되면 모두 돌아갔다

2
계산을 끝내고
아내에게 돌아오며
하루의 꿈을 일으켰다

일으킬 수 없던 하루의 꿈
화양리 그 어둡던 거리에는

안개의 품속으로
차도 사람도 사라지고
아내와 둘이 남아 밤새
안개의 한쪽을 지웠다

3
노래는 부를 수 없었다
아무도 나를 바라보지 않았고
나는 아무도 바라보지 않았다
버려진 사람들에게
더욱 악을 쓰며
그들이 가진 마지막까지 탐내었다

그들을 무너뜨리며
나도 무너졌다

4
기억할 수 없는 술잔처럼
수많은 사람들

열네 해가 지난 아직도
쨍그랑쨍그랑 부딪치며
사라지지 않는 사람들
망명의 왕국 같던 벽 속에서
모두 지난날의 영화를 떠들며
깊이 취했다

5
매일을 취해도
아무것도 이루어지지 않았다
무엇인가 가슴 속으로 쌓이는 것들
사라지는 것들
거리의 소음 속에 파묻히고
묻히는 이름들을 한번씩 불러보았다

그것은 살아 있는 것들에 대한
끝없는 호명이었다

잊혀지는 이름을 목쉬면서 부르며
그들에게 가까이 다가가려는
이름놀이였다

잠수교의 아침 안개

안개 가득 넘칠 때
강물은 고요하다
차량의 행렬이 길게 밀린
아침 잠수교 난간 위에서도
어느 먼 땅의 혼자 있는 무덤처럼
안개는 고요하다
가야 될 길을 잃은 듯
차들은 모두 안개등을 켜고
다리 위에 멈춰 서서
아침 안개에
그들의 넋을 적시고 있다

어느 수녀의 기도

「주님 당신도 울고 계십니까
용서하십시오 그냥 울고 싶습니다
이러다간 미사도 못 드리고 울고 말겠어요
주님 제 슬픔을 도와주십시오」
그녀의 오열하는 기도소리가 이 봄
종소리처럼 가슴을 치네
그리운 사람이여 이 기도문을
그대를 깨우는 노래로서 보내려네
그대 봄 창 어디엔가 기대어
소리내어 이 노래를 불러주게
그곳이 어느 거짓의 땅이라 하더라도
슬픔을 도와주는 길이
함께 울어주는 일이라는 사실을
그대 마음에 하나의 내 약속으로 남겨주게
「주님 당신도 울고 계십니까
용서하십시오 그냥 울고 싶습니다
이러다간 미사도 못 드리고 울고 말겠어요
주님 제 슬픔을 도와주십시오」

청문회 1

많은 사람들이 나왔다
드라마의 수많은 배우들처럼
주역처럼 조역처럼
비겁자처럼 정의의 사도처럼
그러나 결국은 모두 어두운 시대의 한 사내로서
자신의 이름을 말하고 선서를 했다
그들의 옆모습은 묻는다
너는 누구냐고
어디에 있었느냐고

청문회 2

모두 숨을 죽이고 있었다
그러나
아무 선언도 참회도
들리지 않았다
도시의 모든 거리들이 정적 속에 잠겨
무엇인가 기다렸으나
아무도 나타나지 않았다
아무것도 묻지 않았다
이긴 자들의 욕설만
멜로 드라마의 대사처럼
화면에 얼룩지고
사람들은 다시 침묵했다

청문회 3

그래도 다시 채널을 돌렸다
장군도 재벌 총수도 정치인도
분장술에 능한 다만
배우 같았다
몇 사람의 주체 세력이 겨우
몇 사람의 새 세력에게
뒤바뀐 세상을 대답했다
언제나 배역은 중요하지 않다는 것을
알게 되었다
언제나 배역이 중요하다는 것도
알게 되었다
역사 위에 서 있는 사람들의 모습이 보이기 시작했다

엘리베이터

종합청사
엘리베이터
문이 열리면
사람들이 유령처럼 서 있다
말없이 서서
서로 바라보는
이 시간 이 시대
서로 냄새만 느끼며
시대의 끝없는 층을
올라가고 내려가는
종합청사
엘리베이터

천구백팔십구년 서울

어제의 소문 속에 놀라 잠깨고 우리는
내일의 새로운 소문을 기다리며 잠드네
석유 냄새 나는 아침 신문의 작은 활자처럼
무더기로 떼거리로 빈 공간을 가득 채우고
한 무더기의 쓰레기가 되고 마네
천만의? 천팔십만의? 시민들

오늘도 그리움이나 외로움을 말할 순간은 없겠지
하루의 약속만 기다리고 있을 뿐
세면기 거울에 얼굴을 비춰보며
아스팔트 위에서 묻어온 구호와 먼지를 닦는 순간은 있
겠지

더 떠들썩한 이야기는 없을까
화염병보다 더 색정스러운 정치와 전쟁 소식은?
사랑과 평화를 위하여 이 모든 소식이 필요하다고
더 확실한 분단을 위하여
모두 통일의 노래를 부르네

우리의 소원은 무엇일까
누가 또 우리의 도시를 위하여 분신할까
불지르기 위해
새로운 소문을 위해
우리의 소원은 잠깨지 않네

1987년 5월 27일, 한 청년의 죽음

새로 발표된 개각의 얼굴들로 가득 찬 그날 신문의
한구석에 최요한이라는 24세의 청년이 자살했다
마지막 쓴 일기장의 한 구절이 나를 울린다
〈연기가 자욱하다 꼭 죽기를 빈다〉

광화문

푸른 밤이 오지요
옛 총독부를 등에 지고
은행나무 손바닥마다 고여 있는
달빛 속에
북악산 그림자 탑 그림자
저 거리에는 자동차 불빛 종합청사 미 대사관 불빛
아주 다른 불빛의 물결 속에
아무도 바라보지 않는 내 지붕
사람과 사물의 꿈들이 뒤섞여 푸른 밤이
모두 고요해질 때까지
돌이 된 내 하반신을
어둠으로 매일매일 적시며
언제나 푸른 밤이 오지요

상황실

사람들이 부르짖는 소리, 아우성
무표정하게 부수는 소리
팩시밀리는 삑삑거리며
천구백팔십육년 사월 십구일을 타전하고
책상 위에 쌓이는 한 장 한 장 이 시대
참배, 결성대회, 투석……
나는 상황 보고를 한다
내가 지키는 이 방의 쓸쓸함과 나의 시간은
아무 데도 보고할 수 없다
보고서 용지의 빈칸에 따로 남겨져 있을 뿐

떠나고 싶었던 날의 낙서

이 땅에서 아직도 나는
살고 싶다
떠밀려 공처럼 굴러도
떼지어 피는 오랑캐꽃 들판에서
나의 가솔들 둘러보며
친구여 나는 함께 살고 싶은 것이다
너의 한 구절 아름다운 시구처럼
시간을 으깬 물감을 뿌리며
돌아오는 사람들에게 입맞춰 주고
사라져가는 길을 따라
어두워지고 싶다
이 순간들의 풍광 속에
사람의 흔적으로 고여
깊고 깊은 못물이 되고 싶다

동해

떠오르는 아침 해
내 몸 물들이고
오래오래 노송과 함께 서 있었지
파도는 박수치며 웃고
몸 비틀고 일어서던 바다

붉은 해 내 눈동자 깊이 찌를 때
눈 멀어 버린 듯 세상
검은 빛으로 변해 버리고
버릴 듯 두고 온 서울 그때야
잊어버렸지

쓰라렸던 혓바닥도 심장도
짠 동해의 물로
아물어졌지
수평선 위에 그 얼굴
눈부시지 않았지

시든 꽃

시든 꽃이 툭 소리를 내며 떨어졌다
한때는 눈부셨던 흰 꽃
제 무게마저도 견디지 못하고
날아 오르려는 듯 그 아름답던 빛깔 함께 사라지고 말았다
시든 생명의 추한 모습은
지나간 날의 아름다움만으로 변명될 수 있는 것인가

청계산에서

늦은 9월 청계산에 올라 소주를 마셨다
숲은 내 나이처럼 아직 푸르러
가을 푸른 하늘은 더욱 쓸쓸했다
소주병과 함께 나는 넘어져
키 낮은 들단풍 아래 누워
단풍나무 일곱 손가락 사이로 흐르는 구름 바라보았다
서른아홉의 내 아내는
산다는 것은 다가오는 시간을 떠밀어 보내는 것이라고
그러나 떠밀리지 않는 슬픔이 남는 것이라고
낯익은 목소리로 낮게 속삭이는데
나는 남은 소주를 한잔 단풍나무 뿌리에 부었다
단풍아 너도 나와 함께 취하자
단풍나무 무심히 바람에 흔들리고
청계산 등성이를 넘는 흰 구름떼들이 시간의 그림자처럼
내 얼굴을 덮어
나는 푸른 하늘에 빠진 채 잠인지 그리움인지
떠가고 있었다

소주병에게

키 작은 너의 모습 항상 다정하다
투명한 가슴 가득
젖은 목소리로 너를 부른다

되도록 낮은 시간을 지나
텅 빈 가슴으로 가까이 오라
가득히 너를 부어 나를 마시는 시간

우리가 밟고 온 도시의 불빛도 잠들었다
아무 말 없이 도시를 떠나는 날도 그러리라

하나의 가슴을 너처럼 투명하게 받아들이며
오늘도 변한 것은 없다

아직 잠든 것도 없다
한잔의 소망이 작아졌을 뿐
한잔의 꿈이 달라졌을 뿐

가랑잎 편지

쓸 것도 추억할 것도 별로 없다 너에 대해서는
향기 없는 꽃처럼 때로 푸른 공간에서 아름다웠을 뿐

너는 정지된 궤도차처럼 내 기억 속
어느 한 궤도에 그냥 서 있을 뿐이다

그러나 너는 한 순간 빛난다
너 자신이 한 계절의 문을 닫고 사라지기 직전에

10월 숲

또 기다림이 내려와 쌓인다
발목을 덮는 하나하나의 상처들
나는 알지 못한다
다만 내게도
불타는 날이 있었고
떨어져 쌓이는 날이 있었다
깊은 가을 숲에는
사람의 흔적 찾을 수 없고
텅 빈 기다림만이
서로가 서로를 덮고 누워 있다

그 날의 목소리

〈올 가을에는 비가 왜 자주 오지요
단풍잎도 못 보고 가을이 저물고 말도록……〉
마흔 이쪽 저쪽에서 얼굴을 마주 보면
고운 단풍 같기도 하고
그 날의 사랑 같기도 한
아내의 목소리

노을

내 목숨을 사랑하는 일이
한잔의 술을 마시는 것보다
부질없을 때
오늘은 무엇을 향하여 노을이 되나

지금까지 부른 노래 모두 덧없고
부르지 못한 노래 노을이 되어
눈물처럼 하늘에 고여 있네

태어나 살아가는 일이
가슴에 스며와 빗물이 될 뿐
소리 없는 표정이 되고 말 때
어떠한 노래가 다시
작은 새가 되어 날아 올라 불탈 수 있나

임종

죽은 자에 대한 위로는
바로 산 자들의 위안입니다
우리들 오늘 모여 앉아
길 떠나는 할머니 요세피나를 위하여
주기도문 열한번째 장을 읽습니다
슬픔이 비로소 길을 열고
산 자들의 목소리 섞여
스쳐가는 숨소리 영원히 잠재우고
또 우리는 천년 만년 그치지 않는
인간의 숨소리 다시 듣습니다
나는 어머니에게서 비롯되고
어머니는 요세피나에게서 비롯된
지켜진 약속 정처 없고
슬픔이 비로소 일어나
여든 둘 살아온 육신에서 일어나
길 떠납니다 겨울비 속에
오늘은 때아닌 겨울비
뒤뜰 쌓인 눈을 녹이고
흰 눈 땅 속에 스며들며

가장 늦게 필 잔디의 뿌리 쓰다듬고
세상에 남은 우리들
뜨거운 눈물 겨울비에 섞여
우리도 함께 길 떠납니다
지켜질 약속 지키기 위해
할머니 마지막 숨소리와 함께
길 떠납니다

거리

혼자 걷는 시간에는
기뻤던 순간보다
쓸쓸했던 순간이 떠오른다
모두와 헤어져 도시의 뒷골목을
낯선 얼굴들 가로수 스치듯
혼자 거리를 지나보면
저 거대한 빌딩들도
그 높이만큼
창문마다 불 비치는 불빛만큼
외로움의 큰 덩어리가 된다

4월, 해변의 오후

고여 있는 시간
잊어버린 시간
태양은 희게 부서지고
수평선을 바라보며
발밑으로 무너지는 시간
키 작은 해송들은 깊은 낮잠에 빠져
사람들 소리칠 때마다 잠깐 깨어나
한번씩 웃음처럼 흔들리고
모래 속에 묻히는 시간
모두 파도로 달려와
모두 흰 물결로 되돌아간다

아무도 보이지 않는 곳에서

한 편의 시를 쓰면서
한 편의 시는 완성될 수 없다는 것을 알게 된다

한 편의 시 속에는
내가 너를 외로워하는 목소리와
한 조각의 떡처럼
떠오르는 어떤 배고픔과
쓸쓸하게 계단을 밟아 내려가는 발소리와
모든 시간을 벗어 던지는
한 사내의 알몸이 보여질 뿐

돌아가는 뒷모습이 보여질 뿐
아무도 보이지 않는 곳에서
아무도 들리지 않게 속삭이는
한 편의 시는 완성될 수 없다는 것을 알게 된다

아파트

겨울밤 눈 내리는 소리 가슴에 고여오면
불빛 하나 둘 꺼지고 아파트는 커다란 묘비가 된다

강물 옆에서

모두 흘려보내고 싶을 때
강물 곁에 갑니다
바람에 물결짓는 강물
내 생애처럼 흔들리고
그리움처럼
강물 혼자 긴 손을 뻗어
내 머리카락 쓰다듬습니다
오직 혼자라고
그래서 인간을 기다리게 된다고
강물 혼자 말하고 있습니다
노을 드리워질 때
얼굴 모두 어두워지고
나도 혼자 흘러갑니다.
강물 옆에서

공중전화 박스

도시의 불빛 속에 한 사내
비 맞으며 서 있다
모든 그리운 사람들의 목소리를 향하여
영원한 연속음 가슴에 묻고
혼자 기억의 불을 켠 채
거리에 묵묵히 서 있는 사각의 키 큰 한 사내

빈벽

동굴 속에 불씨 모두 꺼져
습기찬 빈 벽만 어둠의 시간을 향해
머리 기대고 있다
불탈 수 있는 것은 모두 아름다웠다
쓰러지고 넘어지는 모든 움직이는 것들도
그대의 흰 뼈 속 깊이 새겨진 이름처럼
아름다웠다
하나의 동굴을 가슴에 품고
떠날 수 없는 시간을 향해
이대로 잠들면
그리움이 남는가 외로움이 남는가
먼 추억처럼 별 하나 남는가

다시 강물을 흘려보내기 위하여

노래를 부르라 한가락씩
떠오르는 희미한 시간들
희미한 얼굴 위에
떠오르는 잊었던 노래 부르라
한 소절 한 소절
다시 떠오르는 강물
그리고 못다했던 한마디
다시 강물을 흘려보내기 위하여
낮은 목소리로 그리운 노래 부르라

장마

그 날도 비가 내렸다
비를 맞고 싶은 사람들은
우산을 접고
열기에 찬 밤의 어둠 속에서
잎새 위에 차창 위에
내리는 빗줄기의 리듬을 들으며
추억 여행을 떠났다
젖고 싶은 것은 몸이었다
긴 거리의 모퉁이를 돌고 돌아
그들이 버리고 왔던 욕망의 지점까지
외로움 하나 손에 들고
끝없이 걸어가도
그 날도 비는 내렸다

안개가 될 뿐이다

하나의 의무가 될 때 사랑은
빛나지 않는다
안개가 될 뿐이다
발목을 휘감고 뺨을 적시는
확실치 않은 어둠이 될 뿐이다

표류

떠 있다 도시에서
부딪쳐오는 물결 위에
물결을 더럽히며
물결에 더럽혀지며
흐르는 것들에 섞여
떠 흐른다
온갖 부유물들의 끈끈한 감촉
도시의 불빛들은 먼 등대처럼
저 멀리서 반짝이고
나의 지문과 세포를 지우는 수면
나는 건져질 수 있을까
이대로 어느 해안에 닿을 수 있을까
마음 속에 아무것도 묻어 놓지 못하고
젖은 채로 이제는
가고 싶은 땅도 없다
나를 바라보고 있는 사람 하나 없을까
누군가 한 사람 없을까

실패

싸움꾼도 못 되고
시인도 못 되고
학벌도 갖지 못했다.
모든 작은 승부들이 지나갔다
하나씩 씁쓸한 흔적을 남기고
먼지 낀 유리창에 비치는
도시의 모퉁이마다
사람들의 얼굴은 지워져버리고
나만 그림자처럼 남았다
사랑도 우정도 완벽하게
이루어진 것은 없다
이루어질 수 없는 것이므로
이루려 하였을 뿐이다
너의 그림자가 보이기 시작할 때
너를 다시 그리워할 수 있듯이
내 실패의 그림자가 보이기 시작할 때
모든 흔적도 따뜻해지리라

때로는 죄를 짓고 싶다

때로는 죄를 짓고 싶다
저녁 노을 깊이 드리운 강가에서
강물 위에 돌팔매질
그렇듯 나를 던지는
노을처럼 불타오르는 아름다운 죄를 짓고 싶다

푸른 하늘 어느덧 무너지고
저 붉은 구름의 궁전
다시 어둠 속으로 스러질 때
배반처럼 떠오르는 밤별
때로는 죄를 짓고 싶다

재혼

나이 마흔에 다시 결혼하는 나의 친구 경태는
결혼식날 주례가 묻는 말에 한참 침묵했다
「신랑은 신부를 영원히 사랑한다는 것을 맹세하는가」
한참 동안 그는 대답하지 않았고
그 짧은 동안
우리는 간통한 그의 첫 아내를 생각했다.
「예」라고 그가 한참 만에 대답했을 때
내 눈에도 우리의 젊은 날들이 한꺼번에 눈물로 어렸다
그날 푸른 하늘은 무심하게 빛나고
신부의 흰 드레스는 바람에 날리며 눈부셨다
우리들 한 사람 한 사람의 인생이 뒤섞여
함께 지축 위에 서 있어도
바람과 햇살은 홀로 느끼며 서 있는 것이려니
나는 아무 축하의 말도 하지 못했다
봄 햇살 속에 그대로 알몸을 드러낸
십자 고상(苦像)의 한 사내가 물끄러미 나를 바라보았다

부탁

나의 뼈를 잘게 부수어
내가 좋아하던 땅에 뿌려다오
흙에 뿌려진 눈발 같은 한 사내의 뼈
어느날 내리는 비에 젖어
흙 속으로 스며들어 어느덧 사라지게
나의 뼈는 가장 추억하고 싶었던
그 흙 위에 뿌려다오

이 한줌도 안되는

이 한줌도 안되는
몇 그램의 고통 때문에
어디에서 깊은 꿈꾸고
다시 돌아와
이 한줌도 안되는
기쁨 위에 눕느냐
슬픔 위에 눕느냐

바람

나를 바람이라고 말하지 말라
흩어지고 사라지는 모든 순간에
나는 나타나
끝없이 되풀이되는 이름 없는 소리를
다만 흔들고 있을 뿐이다
때로는 그리움처럼
잠자는 너를 깨울 뿐이다

분신

무의미하다 불타는 모습은
불타 어떤 구호가 남는다 하더라도
스스로의 불태움은 무의미하다
불태우며 지르는 목소리도
하나의 주검일 뿐이다

어떤 손이
너의 갈구하는 눈빛과 너의 목소리를
불태울 때까지 죽음과 함께
제단에 바칠 때까지
분신은
불타는 불꽃처럼
한순간의 불빛이며 전쟁일 뿐이다

시 한 줄

영원히 잊혀질지도 모른다
생략한 한마디 언어
희미한 시간과 빛 속에서
다시 살아나 언제 날개 퍼덕일지도 모른다
미수범처럼 사람들이 언어의 푸른 등을
서툴게 칼질할 때
숨 끊어지듯 살아나는
한 줄 언어
너는 나의 묘비명

하나의 무덤 속으로

얼마나 많은 사랑을 하였고
또 이루지 못했으며
얼마나 많은 살의를 일으켰고
그들을 죽이지 못하였던가
사람들 속에서
떨고 있는 심령이여
살 속에 배어 있는 뜻 모를 피여
얼마나 더 많은 살의와 사랑을
시간의 칼로 쓰러뜨려야 하며
무엇을 남겨 두어야 하는가
하나의 무덤 속으로

감정의 떨림, 또는 모른 척함
윤홍선의 시세계

— 장석주(시인 · 문학평론가)

    윤홍선의 시세계에서 수없이 떠올랐다 사라지는 "너"는 김소월 · 한용운 등의 한국 현대 서정시의 공간에 빈번하게 나타나는 "님"의 이미지를 연상케 한다. 님은 한국 현대시에서 가장 핵심적인 이미지 중의 하나인데, 소월 · 만해 시대의 님은 현실적 공간 속에 살아 숨쉬는 실재의 님이기보다는 부재 · 상실의 시대공간 속에 상징의 존재로 떠올라 있는 님이다. 님의 부재와 상실은 식민지 시대의 삶의 의미와 보람의 실현 불가능성과 상응하는 것이다. 님을 잃어버린 시대의 텅 빈 공동과 같은 삶의 내면에는 어둡고 칙칙한 한 · 비애 · 절망이 그 주인이 되어 들어앉아 있다. 그때의 한 · 비애 · 절망은 개체적 삶의 조건의 특수성에서 비롯되는 것이 아니라 개체적 삶을 지배하는 역사적 조건에서 형성된 민족적 근본정서의 심층에서 발현되는 것이다. 소월·만해의 님은 식민지 시대의 피지배민족 구성원들의 사회화되지 못하고 가슴 속에서 용암처럼 꿈틀거리는 자아실현 욕구가 만들어낸 추상화·신비화된 상징체이다. 그 님은 세계와 자아 사이의 근본적인 비화해의 관계에서 비롯된 원초적 비극성을 담지한 님이다. 또한 그 님은 현실적 존재가 아니기 때문에 부재와 상실의 공간에서 더욱 의미롭고 신비한 광채를 발한다. 어떤 개체의 삶도 그것을 둘러싼 넓은 테두리로서의 역사적 상황과 단절, 고립되어 별개의 것으로 성립되거나 존재할 수 없다. 그런 의미에서 소월·만해의 님은, 식민지 시대의 억압과 수난의 역사경험을 거치면서 우리 민족구성원들의 집단무의식 속에 자리잡게 된 간절한 희망, 그리움, 감수성의 인격적 구현이라고 할 수 있다. 그러나, 그 님은 이 세상에는 실재할 수 없는 상징의 존재요, 초월의 존재이다. 그 님은 해방 이후 시인들의 시공간에서는 현실적으로 살아 숨쉬고 움직이는 사회적 자아를 가진 아내·애인 등으로 나타난다. 그들은 사회적 자아와 범속한 생활배경을 거느린 탈신비화 된 존재이다. 특히 김수영의 여러 시편들에 나타나는 일상적·세속적 아내의 모습은 초월의 공간에 신비화된 존재로 떠올라 있던 소월·만해의 님의 현실적 변용, 즉 현실의 공간 속에서 사회적 자아를 갖고 나타난 경우이다. 윤홍선의 시공간 속의 "너"는 소월·만해의 님과 같은 초월적 존재와는 다른 세속화된 애인의 모습을 하고 있지만,

그 구체적·일상적 세목들이 지워진 채, 부재의 저편에 떠올라 있는, "나"와 상호소통의 대상으로서의 "너"이다.

　　사랑하고 말았듯이
　　이별하고 말자
　　이별이 이렇게 아프게 할 수 있을 때
　　사랑은 이별로써 빛날 수 있으리라

　　유리창 밖 도시의 캄캄한 밤을 향하여
　　낮은 목소리로 불러본다 너의 이름
　　잊었던 사람처럼 비는 내리고
　　너는 빗속을 밤새 걸어간다

　　사랑은 왜 절망의 그림자와 부딪쳐야 하는지
　　오늘은 비를 맞으며
　　밤새워 물어본다

　　비에 젖은 도시의 불빛들
　　저 가로수가 되어
　　가로수의 잎새가 되어
　　빗물 번득이며
　　끝없이 걸어가는 너를 바라본다
　　　　　　　　　　　　　　　　　　　　　　　—「빗속에 서서」

사랑하는 사람들이 서로가 서로의 존재를 향유하고 싶어하는 것은 인간의 자연스러운 본능이요, 욕망이다. 따라서 사회적·규범적 자아의 매몰스런 결단에 의한 별리는 그 자연스러운 욕망과 본능을 억누르고 참아내야 하는 고통의 경험이 아닐 수 없다. 윤홍선의 이러한 시편들은 헤어져야 할 불가피한 정황 속에 놓인 시적 자아의 내면의 윤리적 요구와, 어쩔 수 없는 인간 욕망의 이끌림 사이에서 서성이고, 아파하고, 체념하고, 쓸쓸해 하는 정서들로 물들여져 있다. 스스로의 내면을 향하여 이별의 결단을 촉구하면서도 낮은 목소리로 "너"의 이름을 불러보는 행위나, "사랑은 왜 절망의 그림자와 부딪쳐야 하는지"에 대해 의문을 품는 태도는, 그 결단의 윤리적 당위성이나 현실적 요구를 넘어서는, 서정적 자아의 "너"에 대한 그리움의 간절함을 보여준다.

　　오늘도 너를 지우지 못하고

　　세상 끝 어디메로

　　지는 노을 한쪽

　　끌어안는다

　　　　　　　　　　　　　　　　　—「어둠 속에」 일부

　　사랑을 시작하면서 피던 꽃은

　　어디에 머리 기대고 넘어지는가

어느 땅 아래서 흙으로 지워지는가
오늘도 또 하루
지울 수 없는 너를 지우고

—「우리가 피운 꽃」 일부

너에게 다가간 발자국도
떠나온 발자국도
눈 덮인 길 위에 지워지리라

—「또 하나의 노래」 일부

인용한 시들에서 발견되는 것처럼, 시적 자아는 사랑의 대상이었던 "너"를 지우고 싶어한다. 엄밀하게 말하자면 시적 자아가 지우고 싶어하는 것은 "너"가 아니라 "너"와 관련된 기억과 경험들이다. 그러나, "너"를 지우려는 노력은 쓰디쓴 실패와 좌절로 귀결된다. 그래서 "너"를 지우지 못하고 대신 "지는 노을" 한쪽이나 끌어안는 소극적 행위는 그 무보상성 때문에 애잔하고, 비애스럽다. 이러한 시편들에서 우리가 주목할 수 있는 것은 시적 자아가 "너-있음"의 세계를 지향하고 있는 것이 아니라 "너-없음"의 기억을 지우려고 한다는 점이다. 물론 그 "너"는 현실적 존재였을 것이다.

그러나, 지금 시적 자아의 곁에 "너"는 없다. 이미 "너"는 헤어진 "너"이고, 없는 "너"이며, 옛날의 "너"이다. 따라서 시적 자아의 "없는 너"를 향한 끝없는 갈망과 그리움은, "너"

를 매개로 하는 매혹적인 비일상적 도취의, 복원불가능한
과거의 시간과 자유, 환상에 대한 그리움이며, 동시에 제도
와 규범이라는 현실원칙의 지배 아래 있는 일상의 무거운
억압으로부터의 일탈욕구의 변형이다.

> 얼마나 많은 사랑을 하였고
> 또 이루지 못했으며
> 얼마나 많은 살의를 일으켰고
> 그들을 죽이지 못하였던가
> 사람들 속에서
> 떨고 있는 심령이여
> 살 속에 배어 있는 뜻 모를 피여
>
> ─「하나의 무덤 속으로」일부

윤홍선의 시들은 추억과 회한의 공간 속에 잔영으로 남
아 있는 "너"를 향한 양가적 감정, 즉 사랑과 살의라는, 공
존하기 어려운 두 극단적 감정의 틈에서 "떨고 있는 심령",
혹은 혈관을 흐르는 "뜻 모를 피"의 노래이다. 많은 사랑을
시도하였으나 이루지 못했다. 많은 살의를 가졌으나 그 또한
이루지 못했다. 삶의 본질이 그 이룰 수 없음에 있다는 인식
론적 깨달음은 "이루어질 수 없는 것이므로/이루려 하였을
뿐이다"(「실패」)라는 시구를 낳기도 한다. 아마도 그 깨달음
은 수없는 실패와 좌절을 경험한 자만이 도달할 수 있는 체

245

념과 달관의 심연에서 얻어지는 것이리라. 그 이루지 못함 때문에 삶의 불가해한 고통은 생성된다. 그 고통으로 사람들 속에서 심령은 떨고, 액체화된 생명인 피는 뜻 모를 것으로 남아있다. 시적 자아는 그 떨림의 삶, 뜻 모름의 삶을 끌어안고, 기억의 공간 속에서 그 현실감이 차츰 탈색되어 가고 있는 "너"의 잔영에 사로잡혀 있다. 때로 기억 속에서 소멸되어 가는 "너"를 안타까워하며 그 이름을 불러보는 것, "그것은 살아 있는 것들에 대한/끝없는 호명이었다"(「젊은 술집 주인이었던 날의 기억」). 그러나, 그 호명엔 아무런 응답도 없다. "사람의 흔적 찾을 수 없고/텅 빈 기다림"(「10월 숲」)만이 있을 뿐이다.

윤홍선의 시 세계는 개체의 삶의 경험과 내면에 대한 조용한 관조, 혹은 성찰의 세계라고 할 수 있다.

> 지금까지 부른 노래 모두 덧없고
> 부르지 못한 노래 노을이 되어
> 눈물처럼 하늘에 고여 있네
>
> — 「노을」 일부

그러나, 나는 서정시의 양식 속에, 엄청난 현실모순의 노정으로 균열을 일으키는 시대의 총체적 진실과 공격 분노의 언어를 실어내는 일이 의미롭고 중요한 작업이라면, "개체적 삶의 진실"과 그 "감정의 떨림"들을 충실하게 담아내는 일

역시 그것 못지않게 "모른 척" 할 수 없는 의미로운 일이라고 생각한다. 사사로운 삶의 곡절과 그 진실의 표현들은 그 자체로 시대적 삶의 다양한 문양과 결을 보여주는 것이다. 그 어느 한편에의 충실함이 그 어느 한편에 대한 고의적 "모른 척"함만 아니라면, 그 어느 한편에의 충실함을 궁색맞은 속물스러움이라거나, 혹은 소영웅주의의 들뜸이라고 비난하는 것은 정당하지 못하다. 위에 인용한 「노을」이 보여주는 제 목숨 사랑하기와 한잔의 술 마시기를 견주는 행위는 사사로운 영역에 속할 터이다. 한잔의 술 마시기의 행위는 삶의 지향하는 바 도덕, 가치, 이념들의 무거움에 비해 작고 가벼운 삶의 영역에 대한 표상이다. 범속한 생활세계의 세목들에 대한 애착과 충실함이라는 소시민적 삶의 양식에 대한 쓰디쓴 자기성찰이 이끌어낸 결론은 부질없음, 덧없음이라는 것이다. 그렇다면 시인 윤홍선이 앞으로 지향해야 할 바람직한 시세계는 어떤 것인가? 나는 그가 그 삶의 부질없음, 덧없음을 속절없이 수락하지 말고, 그것과 싸워주기 바란다.

2003년에 발간된 네번째 시집이다.
사십대를 지나면서 성취와 좌절 속에 많은 변화를 겪었다.
그러나 노래하는 시정의 마음은 남아있었다.
이 시집은 이미 십대에 뛰어난 시인이었던 시우
김종철 시인의 권유와 도움으로 출간하게 되었다.
그러나 지금 감사의 마음은 전할 길이 없다.
그가 스무살 무렵에 쓴 시 「재봉」이 지금 그립다.
이 시집 이후 인도네시아 자카르타로 긴 여행을 떠나면서
나는 시의 마음을 잃고 말았다.

2018. 11월 어느날

윤 홍 선 제 4 시 집

강 물 옆 에 서

모두가 강물이다.
우리가 지나온 시간도
우리가 흘려보낸 사람들도
또 그들과의 기억들도……
강물 옆에 서보면 모든 강물들은 어디론가 흐른다.
어디로 모두 가는 것일까.
강물 옆에 선 채로 나도 어디론가 흘러가고 있다.
아직도 나는
어디로 흘러가는지도 모르고
어디론가 흘러가고 있다.
詩 몇 편 손에 든 채로……

2018. 11월 어느날

가을 하루

모든 것이 사라져가고 있는
들길에서
사라져가는 모든 것들을 나는 용서하였다
인간의 하늘에 떠 있던 약속처럼
흐르는 구름
가을들 끝으로 사라지고
나는 빈 나무로 서서
커다란 가을의 품속으로
한 줌의 갈대들과 함께
용서를 위하여 흔들리고 있었다

너를 생각하면

너를 생각하면
나는 따뜻하다
나의 잠 속에
언제나 너는 한 장의 꿈이 된다
방황의 파도는
너의 기슭에서 물결 짓고
우리의 시간은 거기
잠시 고였다 흩어진다
모래 위에 남겨진 흔적
시간을 말해주고 있을 뿐
너는 말이 없다
우리는 어디에서 다시
따뜻해질 수 있으리
유월이 가고 있다
우리는 화석처럼 거기 남는다
무덤과 무덤을 넘어
사랑과 사랑을 넘어
가버린 날들의 아름다움을 넘어
유월은 가고

우리는 어디에서 다시
따뜻해질 수 있으리

물이 되어 흐르면

강물이 되어 흐르면
폭포가 되어 떨어질 수도 있겠지
물끼리 부딪쳐 소리치기도 하고
흰 물보라로 무지개도 되겠지
다시 고요히 물이 되어 흐르면
밤이 오고 새벽이 오고
빛나던 별 모두 내 안에 숨겠지
물이 되어 흐르면
아무것도 보이지 않고
끝없이 흘러
아무것도 남지 않겠지
내가 물이 되어도 물을 보지 못하겠지

접목

세상의 온갖 나무에서 피어난 잎새들이
꼭 그 나무에서 피어나야 하는 것이 아니라면
아니라면
모든 나무에서 너를 피어나게 하고 싶다
잎새들이 가장 푸르를 때
이 나무에서도 너를 피어나게 하고 싶다
하나의 이름이 저 혼자 아름다운 것은
이 세상의 이유가 될지 모르지만
우리가 몸을 서로 기대어 남겨진 수액을 바꿈으로써
더 뜨거운 의미가 되는 것이기 때문에
온갖 세상의 나무에서 너를
새로운 잎새로 피어나게 하고 싶다

세 사람

시인들은 다시 만난다
인사동 뒷골목에서 등푸른 고등어를 씹으며
한잔 소주에 목메이던 쓸쓸한 지난날
아름다웠다고 말하며
봄날이 좋아지는 나이에 다시 만난다

너는 긴 방황 끝에 다시 너의 시 속으로 돌아오고
너는 지붕에서 굴러떨어진 뒤 사라졌다가
아직도 한 손에 시를 들고
오늘은 역삼동 뒷골목에서 주꾸미 구이를 먹으며
다시 한잔 소주를 마신다
이제 늙어 성공한 너의 시와
젊은 날 버렸던 너의 시는
어떤 차이가 있어야 할까

아직도 우리는 시를 쓰고 있지만
우리의 주제는 영원히 파악할 수가 없지
한 줌의 시간들을 설명할 수 있을 뿐
결핍, 안개, 사랑, 여자들의 이름
정처 없는 우리의 시간

오늘의 시

아침 커피를 마시며 한 편의 시를 쓴다
한 편의 시를 쓰는 일은 얼마나 낯선 작업인가
보낼 곳 없는 편지처럼
한 덩어리의 고독을 도시의
빈 공간에 남겨둔다
대형 유리창으로 쏟아져오는 이 봄
참 좋은 햇볕이다
나는 어느 묘지에서 잠깬 유령처럼
두 손을 내밀어
한 움큼 햇볕을 잡아본다
어떤 미지의 전령들이 밀물처럼 가슴속으로 밀려와
새롭게 가득 찬다
창 밖에서는 가로수들이 손을 벌리고
투명한 햇빛으로 빈몸을 채우고 있다

새벽 안개

도시의 새벽 안개 속에서는
모든 빌딩들이 그 큰 키만큼 의인화된다

안개의 한구석에서
혼자 노래 부르는 중년사내처럼

좀처럼 걷히지 않는 저 안개가 광화문의 아침을 기침하는
동안
나는 안개의 저쪽 얼굴을 더듬어본다

아직도 잔영처럼 남아 있는 어제
꿈틀거리는 기억만 남겨진

한 잔의 커피 속에서도 아침 안개가 담긴다
창문을 열면

숨어 있던 배반처럼 차가운 손바닥이 얼굴을 덮는다
더 짙어지는 안개 속에서 도시는 아무것도 보이지 않는다

수백 수천의 눈동자들만 서로를 엿보며
서로의 기억을 지우고 있다. 안개가 사라질 때까지

시월

가을 거리에서 보석을 하나 주웠지
광채도 없는 시간 속에
잊지 못할 순간 하나
그 빛은 큰 슬픔 같기도 하고
큰 환희의 결정 같기도 했지
창가에서 사람들을 바라보면
모두 쓸쓸해 보인다고
너는 언제나 말했지
너가 없는 서울은
모든 것이 그대로이지만
빛나지는 않는다고 나는 노래하고 싶네
끝없이 투명해지는 공간과 함께

감자 넝쿨을 캐기 전까지

약속을 지키고 싶었다
강릉 대기리 감자 넝쿨을
캐기 전까지
폐교된 국민학교 교정을 위해
무엇인가 좋은 일을 해보자고
우리는 약속했다
대기리 그 맑고 높은 산동네에서
저녁 어둠과 함께
우리는 바다로 내려와
떠나온 도시를 잊고
파도 소리를 들었다
끝없는 목마름으로 헤매던
서울은 멀고
파도 소리는
낮고 그윽했다
그날의 파도에 떠밀려
우리의 약속도
어디론가 표류하고
대기리 빈 교정은
또 하나의 바다가 되었다

세상 여자들을 꽃으로 본 잘못

신촌 창이 큰 카페에서
색색의 꽃잎 같은 여자들을 바라본다
젊은 날 내가 누리지 못했던 아름다움
파편 같은 슬픔이
꽃들 속에서 다시 살아난다
투명한 몇 잔의 마티니를 마시며
나는 취하고 싶다
시간의 눈부신 구름을 타고
밤이 서서히 다가오는 것이 보인다
행운처럼 어둠이 그들을 뒤덮고
그들은 불꽃놀이를 벌인다
우리에게서 사라졌던 도시
신촌 사거리나 이대 앞 골목
한 잔의 마티니 속에 다시 살아나는 도시

부산에서 만난 비

바다로 내리는 여자는 슬프다
아무것도 적시지 못하고
사라지듯 파도 속으로
빗소리도 내지 못하는 저 혼자의 무의미

바다의 비는 슬프다
만남도 아닌 만남
헤어짐도 아닌 헤어짐이
끝없이 섞여 그냥 파도치고
낯선 새벽이 떠밀려오면
이대로 다른 물결로 헤어지고 마느냐

기다란 해안선을 따라
공항으로 가는 새벽 빈 아스팔트 위로
아직도 취기 같은 비구름
모든 허무는 어디서도 끝나지 않는다

총리실을 떠나와서

스물다섯 해 스물네 명의 총리보다
종합청사의 밤 불빛보다
그 많았던 상황보고보다
광화문의 수백 그루 은행나무들은
나를 꿈꾸게 했다
꿈으로 남은 민주주의
꿈으로 남은 내 사랑
오염된 은행나무 낙엽들은
내 발자국에도 부서지지 않고
남은 술잔 속에 쉽게 적셔졌다
대정부 질문의 답변서는 무표정하게 되풀이되고
여의도 광장의 어둠은 늘 깊었다
밤이 되면 청사의 뒷골목은
되살아난 사람들의 목소리로 가득하고
불안한 평화는 우리를 취하게 했다
불안한 평화도 평화라고 말하면서
은행나무 잎새들은 불안에 떨고
떠나온 나는 오늘 더욱 취한다
그때 우리가 고뇌한 것은 무엇이었던가

대정부 질문은 오늘도 시끄럽고
답변서는 오늘도 무표정하게 낙엽진다

가을

어떻게 이 우울을 딛고
삶의 지축 위에 계속 서 있을 수
있을 것인지
또 하나의 나뭇잎이 흔들린다
시월 바람 속에
너에게 묻고 싶다
너에게 아직 몇 개 나뭇잎이 떨고 있는지

총리 강영훈

그가 떠나던 날
정부종합청사의 쓸쓸함은 꽤 오래 기억되리라
그와 보낸 두 해의 고통과 평화처럼
종합청사의 저녁 불빛은 어둡고
담장 위로 고개 숙인 이국의 깃발들
우리와 함께 서 있었다
그도 작은 깃발 하나 청사의 어느 터에 남겼을지
그를 보내는 누군가의 물기 어린 눈빛으로
우리들 모두의 가슴은 깊어지고
그의 웃음 짓는 눈빛 잠시 흔들릴 때
나는 평양의 늙은 그의 누이동생이 달려오는 것을 보았다
폭력과 파괴를 가장 싫어하는 찡그린 그의 주름살
흰 머리칼 아래 빛나고
우리는 그가 강조하던 하나의 질서처럼
한줄로 서서
떠나는 그의 뒷모습을 향해 말없이 박수만 쳤다

중앙청 철거

철거되는 저 첨탑의 죄에 대해
모두 돌을 던졌다
나도 돌 던졌다

그곳에서 근무하던 내 젊은 시절이
잠시 기억의 수면에 흔들렸다
그날들
모두 죄가 된 돌들인가

죄의 건물 속에 지난 내 젊은 나날들
1975년부터 1981년까지였던가

회색의 우울한 역사 속에
무엇인가 쌓여가던 것도 있었다 무엇인가
무너져가는 그것!

높은 천장을 바라보며 좌절하던
사랑도 야망도 시간의 돌더미 속으로
묻혀버리고

민족과 역사의 이름으로 시간의 돌더미를
철거한다

철거되는 곳에 무엇인가 숨어서 복원되는 것도 있을 것이다
그날들
모두 죄가 된 돌들이!

밤 63빌딩에서

밤이 진정한 도시의 모습을 보여주는 것을 알게 되었다

모든 껍질과 뼈까지도 어둠 속에 묻고
불빛으로 남아
불빛으로 흘러다니는 도시
불빛 속에 잠들지 못하는 강물이 보이고
불빛들 속에 불빛이 고독한 것이 보인다

서울은 지상의 한 별밭을 이루고
잠들지 못하는 거대한 어둠과 정적
우리는 짧은 저녁 술잔을 비웠다
우리가 추억으로 지켜줄 시간들을 위해

야간비행의 한순간처럼
나는 한 별의 이름을 되뇌어본다
유리창 밖으로 강변도로는 긴 활주로가 되어
이루지 못한 욕망과 꿈들을 불빛 속에 묻는다

머언 시간을 향해 쏘아올려질 우주선처럼
밤 63빌딩에서는 모든 이름들이
수직으로 서 있었다

다시 유월 어느 날

화염병처럼 깨어지고
잠시 불탔다 그날
6월의 푸르름을 향하여

뜨거운 아스팔트, 가로수 잎새
죄없는 그들, 죄없는 우리들
최루가스에 뒤섞여
모두 서울의 6월을 축제처럼 뛰어다녔다

봉천동 어느 뒷골목으로 함께 숨어들어 밤새
이유 없는 또 하나의 갈증으로 불탔다

분노의 축제는 아무것도 남기지 않고
모두 상처와 기억으로 남아
한 해, 두 해……다섯 해……
여전히 우리들은 적인 채로

무엇인가 막연한 작은 질서인 채로
단지 서울 시민인 채로

다시 6월의 무기력한 푸르름인 채로
죄없는 너와 나의 목마름
그러나 우리는 그날도 적이 되었다

아파트 계단에서

아파트의 철문을 열고 나서는 그 아침에
무한한 반복의 그 아침에
문득 비애의 바람 한 줄기
마음의 풍차를 스친다
문 밖 아파트의 계단은 적막하다는 것을
도시의 사람들은 알고 있다
승강기를 타고
지상의 한층한층을 오르내리며
사용되지 않는 계단을 향해
나는 슬프다
퇴화된 사랑과 상상력처럼
철문 앞으로 돌아오는 이유만 남아
오늘 밤도 다시 오리
취하지 않은 채로 혹은 취한 채로
나는 계단이 되어 내려가리

지하철역의 연인

가끔 설명할 수 없는 흰 뭉게구름이 몰려온다
도시의 콘크리트 사이로 지하철역 계단으로
설명할 수 없는 사랑이 함께 흘러온다

그러면 맑은 목소리로
낯선 가수가 새로운 노래를 부른다
새로운 사랑이 시작될 때는 새로운 노래가 좋아지는 것인가

지하철역은 축제의 거리처럼
도시의 어둠과 함께 잠시 아름다워진다
사람들 가득 실려가는 지하철 창문의 따뜻한 시선들

오늘은 그들도 피로하지 않다
동굴 저쪽으로 사라질 때까지
그들은 다시 이 도시를 사랑할 수 있게 된다

죽은 시인을 생각하며 1

나보다 나이 어린 한 시인이 죽었을 때 나는
부끄럽고 미안했다
그가 살아 있을 때
그의 시를 제대로 읽지 않았고
슬픈 그의 눈빛에 대해 한 번도 묻지 않았다
그가 검은 잎을
입속에 물고 있는 것을 알지 못했다

시인이여
너의 시를 읽으며 이제사
절망에 기댄 너의 머리카락이 보인다
유리창으로 빗물이 무수히 흘러내리는
아름다운 유령의 얼굴이
오늘은 덧없이 흐려진다

언젠가 나의 짧은 시를 읽으며
시가 짧게 써지지 않는다고 너는 말했다
긴 시를 쓰는 이유를
왜 위로의 말이 모든 것을 되짚어야 하는가를

낮은 목소리로 설명했다
그래도 너는 위로받지 못했고
긴 시는 지루하다고 나는 불평했다

죽음이 지나간 후에도
시는 각자의 삶의 잘려진 시간일 뿐
외로움의 얼굴만 보여주는
시간의 가로등 같은 것이었다
한 점의 부표(浮漂)였다

스티븐 호킹 박사에게

손가락 몇 개만 겨우 움직일 수 있을 뿐
말도 목소리도 낼 수 없이
하루하루 다가오는 죽음의 시간을 향해
깊고 깊은 우주의 비밀을 들려주는
호킹 박사여
당신의 안경 속의 눈빛을 보며
인간에 대하여 묻고 싶다
"우주가 팽창에서 수축으로 전환할 때 시간의 흐름은 역
전한다"
그렇다면 사라진 것들의 끝없는 복원도 가능한 것인가
사람들의 사랑과 슬픔과 싸움의 소란 속에서 호킹 박사여
말없는 미소밖에 모르는 호킹 박사여
내가 다시 순수가 될 수 있다는
희망을 당신의 눈빛으로 확인한다

죽은 시인을 생각하며 2

― 쓴 시의 마지막 연을 생각하며

"죽음이 지나간 후에도
시는 각자의 삶의 잘려진 시간일 뿐
외로움의 얼굴만 보여주는
시간의 가로등 같은 것이었다
한 점의 부표(浮漂)였다"
친구여
아직 나는 시간에 대한 아무런
결의도 갖지 못했다
끝없이 되풀이되는 결의의 시간들 속에서
친구여
시간의 가로등 아래
그림자인 채로 혼자 서 있을 뿐이다
기다리는 부표도 없이
사람들은 다가오고
결의처럼 파도의 저편으로 사라지고
기억들은 읽을 수 없는 기호로만 남는다
죽은 자들이 왜 우리들을 깨어나게 하는지
침묵 속에는 왜 그림자만 있는지
그림자도 없는 친구여

칼의 노래

— 이순신 장군을 생각하며

그는 죽었다
정유재란 때 노량 앞바다에서
내 나이 때에
당대의 어떠한 가치도 긍정할 수 없다고
쓸쓸해진 한 사내가 불러준 노래 속에
그는 다시 죽었다
삶이란 결국 자신의 바다를
건너가는 것이라고
설명할 수 없는 파도와 싸우며
타인의 물결들을 헤치며
어느 날 마지막 바다의 문을 닫는 것이라고
그러나 쓸쓸하고 쓸쓸하다
그가 전해준 칼의 노래와
노량 앞바다의 통곡을 들으며
쏟아진 바다를 바라보며

안개

— 노명석에게

또 안개가 찾아왔다
잠수교 난간 위로 아침 안개는
푸른빛 장막으로 차들을 가두고
보이지 않는 곳으로 흐르고 있다
강물과 함께
보이지 않는 시간은 안개가 되는 것인가
죽은 자의 시간처럼
안개는 따뜻하다
변질된 그리움들의 흰 옷자락
내면에 잠겨 있던 소리를 다시 들리게 한다
도시에서 우리는 너무 작아졌다
지축 위에 두 발을 딛고 버티고 있기 어렵다
저 안개 속에서
너는 용사냥을 말한다
그러나 안개는 차들에 떠밀려
절망과 불안의 얼굴로 난간 저쪽으로 사라지고 만다
사랑했던 것들 아직 저 도시에 남아 있다
안개를 기다리는 사람들이 잊을 때까지
안개는 떠나가지 못한다

편지
— 박철홍에게

어떤 낱말
어떤 언어
어떤 정신 속에
어떤 각자의 패총(貝塚) 속에
우리가 묻혀 있는 것인지
낱말들의 몇 개 더미를 그쪽으로도 보내보기로 한다

시간의 시간들 속에서
우리가 이제는 사라졌다고 부르는 그 도덕적 충동이라는 것
그러한 것이 실제로 있었던가!
가장 강한 자의 향수로도 닿지 않는 것은
존재하지 않았던 것이라고 말해두리

커튼이 여며진 실내
구석 쪽의 전등은 갓이 씌워져
억제된 낮은 노란 불빛으로 공간은 차분히 정지해 있고
커튼의 주름 직선 그 몇 개로도 시간은 잘 절제되고
고요한 겨울밤 덧창은 얼어붙어 열리지 않았다

한순간 향수가 어른거리다 사라진다
시간은 흐르고
흐르는 것들은 시간 속에 잠긴다

어느 날
문득 생은
모두 예정되었던 기억의 한 완만하고도 커다란 지체(遲
滯)였다
쓰라리고도 태연한 속수무책이었다

낙엽

또 기다림이 내려와 쌓인다
발목을 덮는 하나하나의 상처들
나는 알지 못한다
다만 내게도
불타는 날이 있었고
떨어져 쌓이는 날이 있었다
깊은 가을 숲에는
사람의 흔적 찾을 수 없고
텅 빈 기다림만이
서로가 서로를 덮고 누워 있다

기어코 아름다운 생명,
그 쓸쓸한 동반

─ 박기수(문학평론가)

현재는 기억과 기대 사이에 있다. 사람들은 현재와 함께 걷지만 늘 기억과 기대를 이야기 한다. 사람들은 그 이야기 속에서 자신의 모습을 추스르고 스스로에게서 위로를 얻기도 한다. 하지만 현재의 삶이 고단하고 가팔라지면 그 빈도가 잦아지고, 잦아지는 만큼 현재는 현실에서 멀어진다. 현실에서 멀어진 현재는 감상이나 기만을 넘어서지 못한다. 감상과 기만으로는 극렬한 현재를 맞서지 못한다. 현재는 언제나 극렬하고 거기서 연유한 사람들의 상처는 좀처럼 익숙해지지 않는다.

윤홍선의 시는 극렬한 현재 안에 있다. 그의 시는 살아 있는 것들의 소박하지만 경이로운 생의 모습들을 화석화시키려는 "지금 이곳"의 극렬함을 담담히 수납하며, 수납한 만큼 성찰한 결과다. 유한자로서 살아내야 하는 이 시간과

아귀처럼 만족을 모르는 욕망의 이 공간에서 그가 시를 쓰
는 것은 "살아 있는 것들에 대한 신뢰" 때문이며, 그것은 대
부분 연민으로 발현된다. 그것은 너나 구분 없이 불완전한
삶을 힘겹게 꾸려나가는 모순되고 부조리한 살아 있는 것
들에 대한 인정과 이해를 바탕으로 한 것이다. 그러한 인정
과 이해에서 서로에 대한 연민이 싹트고, 상호 연민을 통한
쓸쓸한 동반이 가능해질 수 있다는 믿음, 이것이 그가 그의
시에서 구현하는 "살아 있는 것들에 대한 믿음"이다. 윤홍선
의 시가 지닌 미덕은 바로 여기서 비롯된다.

> 또 기다림이 내려와 쌓인다
> 발목을 덮는 하나하나의 상처들
> 나는 알지 못한다
> 다만 내게도
> 불타는 날이 있었고
> 떨어져 쌓이는 날이 있었다
> 깊은 가을 숲에는
> 사람의 흔적을 찾을 수 없고
> 텅 빈 기다림만이
> 서로가 서로를 덮고 누워 있다
>
> ─「낙엽」

상처는 불완전한 것들의 징표다. 10월 숲에서 떨어져 내

리는 나뭇잎이 상처인 것처럼 그곳에서 발목까지 덮인 채 서 있는 "나"도 상처받은 생명이다. 시인이 말하는 것은 숲에 떨어진 낙엽들이지만 우리가 들을 수 있는 것은 그곳에 상처받고 서 있는 "나"의 음성이다. 화자는 떨어져 누운 낙엽과 나를 기다림의 공통분모로 묶고는 "서로가 서로를 덮"게 하여 그 "텅 빈 외로움"의 위로를 마련한다. 이 고즈넉한 풍경화가 아름다운 것은 보잘것없는 생명의 소진(낙엽)속에서 "텅 빈 기다림"을 발견해 내는 시인의 혜안과 그것의 바탕이 되는 따뜻한 감성 때문이다.

여기서 "텅 빈 기다림"의 메타포에 주목해보자. 이 탁월한 메타포는 "텅 빈"과 "기다림"의 역설(paradox)이다. 기다림의 대상을 전제로 하는 "기다림"과 대상 없음 혹은 대상의 부재를 의미하는 "텅 빈"의 결합이 빚어내는 역설은 "흘러갈 뿐인 시간"과 "순환하는 생명의 주기"를 함께 보여주기 위한 것이다. 봄에서 비롯된 시간이 흘러 이제 가을이 되고, 제 무게를 놓아버린 낙엽들이 발목을 덮고 있는 숲에는 두 가지 시간이 공존한다. 하나는 나뭇잎의 끝을 준비하는 시간이고, 다른 하나는 그 끝에서 비롯될 또 다른 나뭇잎을 준비하는 시간이다. 하여 "텅 빈 기다림"은 끝이면서 동시에 다시 시작인 순환하는 생명의 시간을 은유한다. 이 메타포로 인하여 "기다림"은 더 이상 쓸쓸한 무엇이 아니라 현재의 외로움을 견딜 수 있게 하는 위안이 될 수 있는 것이다.

슬픔이 비로소 일어나

여든 둘 살아온 육신에서 일어나

길 떠납니다 겨울비 속에

오늘은 때아닌 겨울비

뒤뜰 쌓인 눈을 녹이고

흰 눈 땅 속에 스며들어

가장 늦게 필 잔디의 뿌리 쓰다듬고

세상에 남은 우리들

뜨거운 눈물 겨울비에 섞여

우리도 함께 길 떠납니다

지켜질 약속 지키기 위해

할머니 마지막 숨소리와 함께

길 떠납니다

─「임종」 일부

　생명의 경외는 그것이 어긋나거나 예외가 없다는 데 있다. 할머니의 임종을 봄의 이미지로 환치하는 유니크함은 삶과 죽음을 넘나드는 생명의 순리를 읽고 있는 시인의 눈에서 발원한다. 생명에 대한 순응은 육신을 떠나는 할머니가 마지막까지 "눈을 녹이고", "땅 속에 스며들어", "가장 늦게 필 잔디의 뿌리를 쓰다듬"는 모습에서 보다 구체화된다. 하여 할머니의 임종은 한스런 죽음이 아니라 그저 "육신에서 일어나"는 행위이며, 할머니의 마지막 숨소리는 "천년 만년 그치지 않는/인간의 숨소리"라고 볼 수 있는 것이다. 죽은 자들에게서 산 자의 시간을 보고, 산 자에게서 죽은 자의 흔적을 읽는다고 했던가? 시인이 수납하는 임종의 모습은 "우리도 함께 떠나는 길"이며, 겨울의 끝에서 새롭게 시작되는 봄에 다름 아닌 것이다. "죽은 자에 대한 위로는/바로 산 자들의 위안"이라는 시인의 인식은 할머니의 임종이 살아 있는 것들의 어긋남 없는 질서라는 담담한 깨달음에서 나오는 것이다. 그럼에도 불구하고 현재의 이 외로움은 어디서 오는 것일까?

너와 이야기하고 싶다

오늘도 나만 버려진

깊어진 가을 바다에서

모래톱 위에는 지워지고 있는 발자국

사람은 늙어가고 말이 없어진다

물 속 깊이 밤을 기다리는 별은

소리치며 물결로 흔들리고

너를 한 장 묻어둔 내 추억마저

푸른 파도로 밀려오는 가을 바다

사람들이 잊어버린

어떤 말없는 그리움에 대해서

나는 너와 이야기하고 싶다

물 묻은 별 하나 떠오를 때까지

— 「가을 바다」

291

여름이 흘리고 간 와자한 웃음마저도 쓸쓸하게 지워져가는 가을 바다에서 시인은 너와 이야기를 나누고 싶다. 화자의 진술과 가을 바다의 정경이 교직하는 구조의 이 시의 소망은 "너"의 정체에서 구체화할 수 있다. 나는 너다. 너는 나다. 후기구조주의자들의 현학적인 수사가 아니더라도 내 안의 너를 읽는 것은 어려운 일이 아니다. "너를 한 장 묻어둔 내 추억"의 가을 바다에 버려졌다는 인식은 가을로 저물어가는 실존의 시간에 대한 뼈저린 깨달음이며, 지난여름 바닷가에 두고 온 너(나)에 대한 그리움이다. 그것은 지난여름의 웃음처럼 가을 바다에 버려진 나의 발자국이 처연하게 지워져갈 것을 알기 때문이며, 다시 오늘의 나를 너로서 그리워할 것임을 아는 까닭이다. 하여 시인은 "사람은 늙어가고 말이 없어진다"라고 담담하게 진술하고 있다. 이와 같은 타자화된 자아에 대한 소통 욕구는 피투(被投)와 기투(企投) 사이에서 진동하는 실존의 욕망인 것이다. 자유로운 선택과 결단을 바탕으로 "지금 이곳"의 자신을 넘어서려는, 즉 현재의 자신과 다른 어떤 것이 되고자 하는 자기 갱신의 성찰과 준열한 자기 긴장이 대자적 존재(being— for— itself)로서의 실존의 모습이다.

윤홍선의 시에서 그의 실존을 압박하는 것은 크게 두 가지인데, 하나는 죽음의 이미지로 동기화(motivate)되는 존재의 본원적 고독이고, 다른 하나는 그가 건너야 했던 현실에 대한 의문이 그것이다. 전자의 구심성(求心性)과 후자의 원심성(遠心性) 사이에서 그의 시는 진동하고 있다. 진동한다는 것은 진자가 계속 운동하고 있다는 뜻이다. 그의 시는 자신의 실존을 압박하는 이 두 요소를 극복하기 위한 것이라기보다는 오히려 그 진동을 지속시킴으로써 스스로의 갱신을 시도하고 있다. 그래서 그의 시들은 살아 있는 것들이 모두 넘어설 수 없는 유한자로서의 고독을 담담히 받아들이면서, 살아낼 수 있는 시간을 묵묵히 맞설 수 있는 것이다.

> 친구여
> 아직 나는 시간에 대한 아무런
> 결의도 갖지 못했다
> 끝없이 되풀이되는 결의의 시간들 속에서
> 친구여
> 시간의 가로등 아래
> 그림자인 채로 혼자 서 있을 뿐이다
> 기다리는 부표도 없이
> 사람들은 다가오고
> 결의처럼 파도의 저편으로 사라지고
> 기억들은 읽을 수 없는 기호로만 남는다
> 죽은 자들이 왜 우리들을 깨어나게 하는지
> 침묵 속에는 왜 그림자만 있는지
> 그림자도 없는 친구여
> —「죽은 시인을 생각하며 2」

이 시는 「죽은 시인을 생각하며1」의 마지막 연에 대하여 쓴 것이다. "왜 위로의 말이 모든 것을 되짚어야 하는가"를 낮은 소리로 설명했지만 정작 시인 자신은 위로받지 못하고 나이를 앞질러 간 시인을 생각하며, 그는 "죽음이 지나간 후에도/시는 각자의 삶의 잘려진 시간일 뿐/외로움의 얼굴만 보여주는/시간의 가로등 같은 것이었다/한 점의 부표(浮漂)였다"라고 진술한다. "시는 각자의 삶의 잘려진 시간"이며 그저 외로움의 얼굴만 보여줄 뿐이라는 인식은 시인에게 있어서는 처연한 진실이다. 그것은 "지금까지 부른 노래 모두 덧없고/부르지 못한 노래 노을이 되어/눈물처럼 하늘에 고여 있네"(「노을」)라는 구절에서 진술한 바와 같이, 지금까지의 부른 노래가 덧없기에 아직 부를 노래가 남아 있지만, 끝내 그 노래를 부르지 못하고 스러져갈 쓸쓸한 존재임을 그는 아는 것이다. 더욱 쓸쓸한 것은 그의 시가 그를 구원하거나 혹은 영원히 계속되지 못할 것이라는 암묵적이지만 절망적인 사실을 알고 있다는 것이다. 따라서 시인이 말하는 시간에 대한 결의는 엄혹한 현실 속에서 그 긴장 중심부에 시지푸스처럼 혹은 죽은 시인처럼 스스로를 세우겠다는 의지에 다름 아니다.

ⓐ최루가스를 마신 새들이 숲을 떠난다
ⓑ우리의 5월도 입에 물고 떠난다

ⓒ서로 사랑하는 것도 모두 잊었다

망각의 강물도 없이

ⓓ숲은 5월에 다시 시들면서 피어나리라

나는 5월의 끝을 걸어가면서

ⓔ이 숲에서 떠나간 이름들의 눈물을 불러본다

저 숲의 가지들이 모두 흔들리는 5월에

—「5월 숲에서」 일부

　이 시에서는 현실을 말한다. 그것이 비록 현재는 아닐지라도 현재를 있게 했던 5월과 현재 있는 5월이 무심한 듯 공존한다. 이러한 공존의 방식은 숲을 떠나는 새들(ⓐ)과 그들이 물고 떠난 5월의 우리가(ⓑ) 다르지 않음을 구조화하여 놓는다. 흥미로운 것은 서로에 대한 사랑조차 잊어버린 그 숲(ⓒ)에서 그들은 "다시 시들며 피어날 것"이라는 확신에 찬 예견이 마지막 연을 근거로 하고 있다는 점이다. "지금 이곳" 5월 숲의 "가지들은 모두 흔들리"고 있는데, 화자는 ⓔ의 의식을 통해 그것을 건널 수 있다는 의지를 발견하기 때문이다. 이것은 떠남으로써 돌아온다거나, 시들기에 피어난다는 모호한 역설이 아니다. 그것은 오히려 "다시 시들고 피어나는" 어김없는 순리와 인과로서의 생명에 대한 처절한 직설이다. 이제 그의 현실은 보다 구체적인 육체를 갖는다.

대정부 질문의 답변서는 무표정하게 되풀이되고

여의도 광장의 어둠은 늘 깊었다

밤이 되면 청사의 뒷골목은

되살아난 사람들의 목소리로 가득하고

불안한 평화는 우리를 취하게 했다

불안한 평화도 평화라고 말하면서

은행나무 잎새들은 불안에 떨고

떠나온 나는 오늘 더욱 취한다

그때 우리가 고뇌한 것은 무엇이었던가

대정부 질문은 오늘도 시끄럽고

답변서는 오늘도 무표정하게 낙엽진다

—「총리실을 떠나와서」일부

표면적으로 이 시는 고단했던 관료로서의 삶이나 총리실을 떠난 이후의 허망함 등을 형상화하고 있다. 그런데 여기서 「총리 강영훈」을 함께 읽어보면 시적 지평은 보다 깊어진다. 「총리 강영훈」은 총리로서의 삶과 개인으로서의 삶이 교직되고 그것이 다시 시인의 삶으로 되비쳐지는 견고한 구도를 보여주고 있다. 젊은 시절 대부분을 보냈던 관료로서의 공적인 삶과 시를 쓰며 세계를 아파하는 시인으로서의 사적인 삶이 서로 다른 것이 아님을 그는 안다. 하여 그의 "불안한 평화"는 그 정체가 다의적이다. 그 불안이 대정부 질문의 답변서의 내용에 대한 것인지, 관료로서의 공적인 삶에서 잠시 벗어난 사적인 삶의 잠정성 때문인지, 관료로서의 삶 속에서 화석화되어가는 자기 삶의 모습 때문인지 정확히 알 수는 없지만, 시인은 알고 있다. 그것이 무엇이든 자신이 떠나왔음에도 불구하고 무표정하게 떨어지는 낙엽처럼 누군가에 의해 계속되고 있음을 깨닫는 것이다. 바로 이곳이 "그때 우리가 고뇌한 것은 무엇이었던가"라는 근본적인 질문으로 환원되는 지점이다.

이러한 의문은 곧 회의를 불러오는데, "사람들이 계급처럼 단단해지는 여의도"(「여의도」)라든가, "그곳에서 근무하던 내 젊은 시절이／잠시 기억의 수면에 흔들렸다／그날들／모두 죄가 된 돌들인가"(「중앙청 철거」)라는 식의 인식을 촉발한다. 자신의 젊음과 열정을 모두 바쳐 일해 왔던 것들이 단단한 여의도의 계급을 파괴는커녕 점점 견고하게 만들었던 것은 아닌지, 젊은 날을 바친 중앙청에서의 근무가 "죄가 된 돌들인가"라는 의문은 인정하고 싶지는 않지만 그럴 수도 있다는 인식으로의 확장을 의미하는 것이다. 그래서 이 시에서 시인은 의문을 회의로, 회의를 다시 성찰로 이끌어내는 것이다.

그렇다면 이와 같은 일련의 성찰을 가능하게 하는 힘은 무엇인가? 그것은 "고요한 겨울밤 덧창은 얼어붙어 열리지 않는다"(「편지」)라는 정확한 현실 인식과 "한 편의 시를 쓰는 일은 얼마나 낯선 작업인가"(「오늘의 시」)라는 끊임없는 자기 갱신의 노력에서 찾을 수 있다.

A)우리는 아직 멀었지

우리 스스로의 인생처럼

아직도 아득하지

우리의 계급과 재산과 이름을 다 바쳐도

멀었지 웃으며 돌아가다

다시 마시는 한잔 술처럼

스스로 자신의 집을 지키는 그만한 사랑도 멀었지

우리가 일으켜야 할 표상의 길도 멀었지

—「성남 가는 길」일부

B)승강기를 타고

지상의 한층한층을 오르내리며

사용되지 않는 계단을 향해

나는 슬프다

퇴화된 사랑과 상상력처럼

철문 앞으로 돌아오는 이유만 남아

오늘 밤도 다시 오리

취하지 않은 채로 혹은 취한 채로

ⓕ나는 계단이 되어 내려가리

—「아파트 계단에서」일부

A)가 스스로에 대한 긴장을 다시 팽팽하게 당기는 것이라면, B)는 사용가치를 상실한 아파트 계단을 통해 결국 퇴

화된 자신의 사랑을 인식하는 것이다. A)가 주체 스스로의 성찰을 위한 준열한 자기 점검을 중심에 놓고 있다면, B)는 합리성의 신화가 훼손시킨 사물의 사용가치에 대한 배려를 핵심에 두고 있다. 더구나 그렇게 어긋나고 훼손된 가치들의 복원은 ⓕ의 진술에서 드러난 바와 같이 사물로서의 너를 소외시키지 않고 주체 스스로 그도 주체로서 인정할 때 가능하다.

　하지만 보다 중요한 것은 이러한 과정이 모두 살아 있는 것들 즉 생명에 대한 연민에서 비롯된다는 사실이다. "모든 허무는 어디서도 끝나지 않는다"(「부산에서 만난 비」)면, 선택할 수 있는 것은 그것을 인정하고 안으로 수납하는 것뿐이다.

　C)지하철역은 축제의 거리처럼
　　도시의 어둠과 함께 잠시 아름다워진다
　　ⓖ사람들 가득 실려가는 지하철 창문의 따뜻한 시선들
　　　　　　　　　　　　　　　　—「지하철역의 연인」 일부

　D)ⓗ나는 무엇과 더불어 한 세상 살아가랴
　　ⓘ살아서 무엇에 가까이 다가가랴
　　모두가 떠나버린 시간의 동굴에 혼자 남아
　　ⓙ보이지 않는 어두운 벽에 너를 새긴다
　　　　　　　　　　　　　　　　　　—「너에게」 일부

번거롭고 분주하기만 한 출퇴근 지하철의 객차를 "안이 아니라 밖에서" 바라본 시인은 그곳에서 따뜻함을 발견한다 (ⓖ). 그것이 고단하고 수고스러울지라도 객차 안은 여럿이 더불어 함께 갈 수 있기에 따뜻할 수 있는 것이다. 이러한 인식이 보다 진술적으로 형상화된 것이 D)다. ⓗ와 ⓘ는 살아서 서로 함께 가야 한다는 말의 다른 표현이고, ⓙ는 그것의 실천적 노력이다. 재미있는 것은 C)와 D) 모두 완전하지 못한 상태에서 서로 인정하려 하고 있다는 점이다. 이러한 노력을 여기서는 연민이라고 부르자. 생명을 지닌 것들의 유한성과 모순성에 대한 이해와 인정을 연민이라고 할 때, 윤홍선의 시는 살아 있는 것들에 대한 연민으로 충만해 있다. 그러한 생명에 대한 연민은 극렬한 현재를 넘어설 수 있게 하고, 어긋남 없는 생명의 순리에 듬직한 동반을 마련해준다. 다만 그럼에도 불구하고 그것이 생명의 끝을 염두에 둘 수밖에 없다는 한계로 인해 쓸쓸한 동반이 되는 것이다.

거칠게 윤홍선의 시를 읽어보았다. 그가 화려한 수사나 교묘한 시적 장치로서 우릴 현혹하지 않고 오히려 진술한 서정만으로 살아서 죽음을 염두에 둘 수밖에 없는 것들을 이해하고 인정한다는 점은 주목할 만한 것이었다. 특히 그의 시에서 추상이나 당위로서 살아 있는 것들의 의미와 지평을 제시하는 대신 불완전하고 불안한 모습 그대로 서로를 보듬는 살아 있는 것들을 읽을 수 있었다. 이러한 살아 있는 것들에 대한 있는 그대로의 이해와 인정이 사람에 대한 사랑에서 비롯된 것임을 볼 수 있었다. 바로 여기가 윤흥선이 보여주는 시적 행보의 내공을 가늠케 하는 지점이다.

시로 마무리하자. "산다는 것은 다가오는 시간을 떠밀어 보내는 것이라고/그러나 떠밀리지 않는 슬픔이 남는 것"(「청계산에서」)이라는 그의 진술은 아직 가을이다. 가을은 겨울을 넘어서지 못한다. 그도 잘 알고 있으리라. 그가 적도 부근에서 건져올 겨울의 언어들이 벌써부터 기다려진다면 나의 성급함일까?

> 모든 것이 사라져가고 있는
> 들길에서
> 사라져가는 모든 것들을 나는 용서하였다
> 인간의 하늘에 떠 있던 약속처럼
> 흐르는 구름
> 가을들 끝으로 사라지고
> 나는 빈 나무로 서서
> 커다란 가을의 품속으로
> 한 줌의 갈대들과 함께
> 용서를 위하여 흔들리고 있었다
> ──「가을 하루」

시 한 줄의 길

— 이재복(문학평론가·한양대 교수)

1. 삶, 고뇌의 한끝

윤홍선의 시에는 삶의 애잔함 같은 것이 있다. 지나치게 심각하거나 무겁지는 않지만 그 삶의 이면에는 모질고 험한 세상을 살아가는 자의 애잔함이 자리하고 있다. 이 애잔함은 삶의 전망이 밝고 투명한 데서 비롯된 정서가 아니라 어둡고 불투명한 데서 비롯된 정서라고 할 수 있다. 그렇다면 이러한 전망의 불투명함은 어떻게 생겨난 것일까? 이와 관련하여 시인은 의미심장한 질문을 던진다. 마치 독백하듯이 '나는 무엇과 더불어 한 세상 살아가랴'라고 한다든지 또 "살아서 무엇에 가까이 다가가랴"(「너에게」)라고 던지는 말속에는 삶에 대한 애잔하지만 예각화된 의미가 내재해 있다. 시인의 이 독백은 그냥 던져보는 말이 아니라 삶에 대한 고뇌의 한 자락을 드러내고 있는 말이라고 할 수 있다.

그러나 그 고뇌의 한 자락에 대해 시인은 시적 암시와 비유의 방식으로 그것을 드러내고 있다. 시인에게 삶은 "어둠"의 이미지로 예각화된다. 이때의 어둠은 밖을 겨냥하기보다는 주로 시인 자신을 겨냥한다. 이런 맥락에서 볼 때 시인이 형상화하고 있는 세계가 어둡고 흐린 것은 시인의 내면이 어둡기 때문인 것이다. 내면의 어둠이 밖으로 투사되어 하나의 세계를 이룬다면 그것은 시인이 만들어낸 "내면 풍경"에 다름 아니다. 시 속의 풍경이 외면으로 흐른다면 여기에 투영된 시인의 내면은 그만큼 약화되어 드러날 수밖에 없다. 시인의 어두운 내면 의식이 대상을 향하여 나아가 그 둘이 상호침투 되어 하나의 풍경 혹은 시적 세계를 이룰 때 그 울림의 정도를 결정하는데 중요한 요인으로 작용하는 것은 전체 상황에서 비가시적인 것이 얼마나 가시화되느냐 하는 점이다. 이 가시성이 바로 시의 낯선 영역이 되는 것이다.

그의 시 중에서 시인의 어두운 내면이 대상에 투사되어 만들어낸 풍경 중에 으뜸은 단연 「다시 잠수교를 지나며」라고 할 수 있다. 이 시의 풍경 깊이를 지닌다. 그것은 풍경이 내면화되어 드러나기 때문이다. 시인의 어두운 의식이 "잠수교"로 자연스럽게 흘러들어감으로써 잠수교가 은폐하고 있는 어둡고 불투명한 세계가 탈은폐되고 이것이 시인의 어두운 내면 의식을 추동시켜 풍경의 깊이를 이룬다. 시인의 어두운 내면 의식이 잠수교를 만나는 순간 하나의 사건(풍경의 탄생)이 발생한 데에는 무엇보다도 잠수교가 은폐하고 있는 어둡고 불투명한 세계를 시인이 주의(attention)를 기울여 "발견"했기 때문이라고 할 수 있다. 이 시의 풍경은 시인에 의해 창조된 것이 아니라 발견된 것이다. 마치 숨은 그림 찾기에서처럼 시인은 잠수교가 은폐하고 있는 세계를 하나하나 발견해 낸 것이다. 가령

다시 잠수교를 건너간다
강물 위에 두고 두고 맺혔던
안개 속을 지나간다
지난해 겨울은
어디선지 청둥오리떼들이 날아와
잠수교 강물의 얼음을 깨뜨리며
참으로 말도 많은 겨울이었다. 봄이었다.
아무런 마음의 떨림도 없이
새벽 잠수교를 지나며 나는 날마다 기다렸다
누군가 전한 말을 가슴 메어 말 못하고
새벽 추위에 입김을 불며
버스를 탄 몇 명의 사람들이
이 세상에 남은 모두인가
오늘도 새벽 안개에 가려
세상엔 아무것도 보이지 않고
강물 건너온 홀린 불빛 하나

내 가슴속에 물결져 흔들린다

　　　　　　　　　　　　　─「다시 잠수교를 지나며」 일부

　를 보면 시인이 잠수교를 건너는 것이 우리의 삶에 대한 메타포라는 것을 알 수 있다. 잠수교가 삶의 메타포가 되는 순간 그것은 의미의 변주를 겪게 된다. 이렇게 되면 잠수교는 단숨에 건너는 다리가 아니라 기나 긴 인생길이 되는 것이다. 잠수교가 인생길로 치환되면 "안개", "겨울", "얼음", "봄", "마음", "말", "새벽", "버스", "강", "불빛" 등은 인생의 의미를 드러내는 질료들이 된다. 안개와 겨울로 표상되는 인생길은 "아무것도 보이지 않"고 "추운" 의미를 지니게 된다.

　인생길이 이러하다면 그것을 살아내야 하는 시인에게는 실존의 고통일 수밖에 없다. 이 시에 드러난 시인의 모습은 "무감정" 혹은 "무감동" 상태 바로 그것이다. 인생에서 일어난 사건에 대해 "아무런 마음의 떨림이 없"기 때문에 시인은 우리들 삶의 모든 떠남과 꿈을 이제는 기다려서는 안 된다"고 말한다. 이것은 시인이 잠수교를 건너면서 발견한 실존의 한 모습이다. 이러한 발견은 그의 시 곳곳에 드러나며, 시인이 다시 잠수교를 건너는 행위를 반복하는 것처럼 끊임없이 자신의 실존을 모색한다. 시인은 "어둠"이 "빛을 죽일 수 없"듯이 빛 역시 어둠을 어쩌지 못한다는 것을 깨닫고 그 어둠을 "감추지 않기"(「겨울편지」)로 결심한다. 또한 시인은 자신이 "매일 작아지"고 "매일 숨차하"며 "식어버린 피에 안심하"면서 "여기까지 왔다"(「어깨를 적시는 9월의 비」)는 것을 알아차린다.

이러한 시인의 자각은 자신이 미처 발견하지 못한 세계에 대한 탐색이라는 점에서 의미가 있다. 시인의 탐색은 은폐된 것의 발견으로 이어지지만 그것이 좀 더 구체적으로 드러난 대목은 「우리가 살아온 것은」에서이다. 여기에서 시인은 우리에게 묻는다. "어둠 속에서/푸른 아침까지 걷게 하는 것"이 "무엇"이냐고. 시인의 이와 같은 물음에는 자신의 세계에 대한 탐색과 그것을 통한 발견이 궁극적으로 겨냥하고 있는 것이 무엇인지에 대한 암시가 숨어있다. 이 암시는 "어둠"과 "푸른 아침"을 이분법적으로 읽지 않고 서로 길항하는 관계로 읽어 낼 때 의미가 드러난다. 시인이 겨냥하고 있는 걷기는 어둠과 푸른 아침 모두를 포괄하는 것이지 어느 한쪽을 배제하는 것이 아니다. 푸른 아침은 어둠이 전제될 때 의미가 있으며 이것은 그 역도 마찬가지이다. 이런 점에서 볼 때 시인에게 어둠의 과정은 중요하다고 할 수 있다.

어둠은 시인을 끊임없이 방황하게 하고 불안하게 하는 존재이지만 그로 인해 시인은 우리의 삶 혹은 세계의 이면에 은폐되어 있는 의미를 탐색하게 되고 또 궁극에는 그것을 발견하게 되는 것이다. 이런 점에서 시인의 잠수교 건너기나 어둠 속에서 푸른 아침까지 걷기는 어쩌면 "고뇌의 한끝"(「저녁 노을」)을 향한 행보인지도 모른다. 인간의 삶에는 고뇌가 은폐되어 있지만 그것을 발견하느냐 그렇지 못하느냐에 따라 그 의미와 무게는 저마다 다를 수밖에 없다. 삶의 고뇌에 대한 시인의 탐색은 시의 곳곳에서 드러나지만 그것이 과도한 자의식으로 흐르지 않은 데에는 시적 서정에 대한 기본적인 감각을 그가 지니고 있기 때문이라고 할 수 있다. 서정의 기본이 시인과 대상 사이의 정서적인 균형 감각과 긴장이라는 점에서 볼 때 그의 일련의 시작 태도와 시적 경향은 충분히 주목에 값한다.

2. 그리움으로 혹은 외로움으로

삶이 고뇌의 한끝을 겨냥한다면 서정 시인으로서의 윤홍선은 그것을 어떻게 삭히고 풀어낼까? 삶의 고뇌가 깊어지고 쌓이면 한이 되고 그것을 삭히고 푸는 데에는 여러 방식이 있지만 한이 마음의 문제라는 점에서 보면 그것은 정서의 차원에서 그 답을 찾아야 할 것이다. 정서의 차원에서 보면 시인에게 삶의 고뇌란 그리움과 외로움의 정서로 이루어진 것에 다름 아니다. 시인에게 삶의 고뇌를 안겨준 가중 중요한 사건 중의 하나는 "이별"이다. 시인에게 이 사건은 "이별 선언"이라는 연작의 탄생으로 이어졌고, 무려 12회에 걸쳐 이어지는 동안 이별과 관련된 시인의 고뇌가 그리움과 외로움의 정서로 표출되기에 이른다. 이별이 그리움을 낳고 이별이 또한 외로움을 낳는다는 시인의 인식은 인간의 보편적인 정서를 드러낸다는 점에서 대중적인 감각을 획득하고 있다.

이별은 시인에게 삶의 고뇌를 안겨준 큰 사건임에 틀림없다. 이것은 시인뿐만 아니라 인간 모두에게 해당되는 사건이다. 인간에게 이별은 세계와의 평형 상태가 깨진 경우를 말하는 것으로 본능적으로 인간은 이 결핍을 회복하기 위해 다양한 방어 기제를 작동한다.

그대 내 끝없는 그리움이 된 죄를 지었으니
내 그대를 끝없는 외로움의 벌에 처하노라

… (중략) …

눈 내리는 날에도 비 내리는 날에도
아무도 그 외로움의 장막을 걷지 못하고
모두 온 길 되돌아가며 그대 이름 잊어버리리

어느 먼 눈 내리는 날 그대
지난날을 회상하며
눈 속에 파묻혀 식어갈 때
나의 끝없는 그리움만이 그 하늘에 홀로 남아
흐려지는 눈동자로 끝없이 눈 내리리

그대 내 끝없는 그리움이 된 죄를 지었으니
그대 내 끝없는 그리움이 된 죄를 지었으니

—「그리움이 된 죄」일부

이 시는 이루지 못한 사랑으로 인해 젊어 죽은 후배시인을 위한 노래라고 윤홍선 시인은 말해주었다. 이 시 속의 "나"는 이별의 상대인 "그대"에 집착하고 있다. 그대와의 이별을 순순히 받아들이지 못한 채 나는 그대를 자신의 마음 속에서 "죄인"으로 묶어 둔다. 내가 그에게 내린 죄명은 "내 끝없는 그리움이 된 죄"이며, 이로 인해 그는 "끝없는 외로움의 벌에 처해"지게 된다. 비록 그대와의 이별 선언이 이루어지긴 했지만 그것은 어디까지나 형식적인 선언에 불과하고 여전히 나의 마음 속에서는 그대와의 이별이 이루어지지 않고 있다. 그대와의 이별은 고사하고 오히려 그대의 빈자리를 깊게 자각하는 계기가 되면서 그리움만 더욱 커지게 된다. 이러한 자신의 그대를 향한 주체할 수 없는 그리움을 하나의 죄로 인식하면서 그대를 이런 식으로 규정해버리면 나와 그대는 이 죄의 범주 안에서 영원히 함께 있게 되고, 이별 선언은 선언으로서만 그치게 되는 것이다.

나의 그리움이든 그대의 외로움이든 그것은 모두 삶의 고뇌를 반영하는 것이다. 삶의 고뇌가 그렇듯 그리움과 외로움은 쉽게 가늠하거나 해소될 수 있는 성질의 것이 아니다. 그것은 도시의 "거대한 빌딩의 높이나 불빛"만큼 "큰 덩어리"(「거리」)가 되기도 하고, 모두 "파도로 달려와 모두 흰 물결로 되돌아가"(「4월, 해변의 오후」)기도 하며, "텅 빈 기다림만이 서로가 서로를 덮고 누워 있"는 "깊은 가을 숲"(「10월 숲」)이나 "끝없는 침묵으로 흐르"면서 "흘러도 닿을 곳 없"

는 "먼 시간의 나라"(「오늘의 약속」) 같은 것으로 드러나기도
한다. 다양한 형태와 방식으로 존재하는 그리움과 외로움
은 삶의 고뇌를 암시적으로 반영하고 있을 뿐 그것의 의미
를 고정화시키고 있지는 않다. 시인의 이러한 태도는 그리움
과 외로움 혹은 삶의 고뇌에 대한 섬세하면서도 진지한 성
찰을 드러낸 것이라고 할 수 있다. 그리움이든 아니면 외로
움이든 그것이 삶의 고뇌와 같은 시적 대상을 드러내는 감
정이라는 점에서 그것에 대한 시인의 의식의 추이를 살피는
일은 중요하다고 볼 수 있다. 시적 대상에 대한 시인의 의식
의 추이와 관련하여 주목할 만한 작품이 바로 「다시 강물
곁에서」이다.

> 이제 아무 그리움도 말하지 않으리
> 살아 있는 날들의 새로운 시작을 위하여
> 소리치는 저 물결의 새로운 노래를 위하여
>
> 지난날들은 죽고 말았다
> 시간의 묘지 위에
> 무덤과 무덤 사이 하나의 묘비명으로
> 우리가 돌아와 소리내어 기도할 때까지
> 지워지지 말라고 음각시킨 글씨처럼
> 잠들고 말았다

과연 지난 순간들은 아름다웠던가
말하지 않고 묻힌 날들이여

어떠한 그리움에도 눈뜨지 않고
사라진 이름으로 빛나는 그대
이제 아무 그리움도 말하지 않으리

— 「다시 강물 곁에서」

시인의 이별에 대한 의지가 잘 드러나 있는 시이다. 이별
이 그리움의 정서를 낳는다는 점에서는 「그리움이 된 죄」와
다르지 않지만 이 시에서는 이별의 대상에 대한 애착이나
집착보다는 일정한 거리 유지를 통한 담담함을 보여준다. 이
별 대상에 대한 집착으로부터의 벗어남은 과거의 시간에 대
한 인식에서 비롯된다. 시인은 과거 시간에 대해 종말을 선
언한다. 이것은 과거 속으로 "사라진 이름"에 대한 종말 선언
이기도 하다. 시인은 사라진 이름은 단지 "사라진 이름으로
빛난다"는 인식을 드러낸다. 사라진 이름 자체로 빛나기 때
문에 그것에 대한 "어떠한 그리움에도 눈뜨지 않"아도 되고,
또 "아무 그리움도 말하지 않"아도 된다는 것이다.

그러나 시인의 이와 같은 선언의 이면에는 과거의 시간뿐
만 아니라 현재 혹은 미래의 시간에 대한 인식이 자리하고
있다. 시인이 과거 속으로 사라진 것들에 대해서는 어떤 그
리움도 표하지 않겠다고 한 데에는 "살아 있는 날들의 새로

311

운 시작"과 "소리치는 저 물결의 새로운 노래" 때문이라고
할 수 있다. 시인의 시간에 대한 이러한 인식은 현재 내에
과거와 미래가 통합되어 있고, 파도처럼 과거는 소멸하는 것
이 아니라 현재 속에서 끊임없이 생성된다는 관계 논리에
다름 아니다. 이런 맥락에서 보면 시인의 이별 선언은 끝이
아니라 또 다른 시작을 알리는 상징 같은 것이다. 시인의 이
별 선언은 이별로부터 벗어나는 것이라기보다는 그 이별을
보다 더 깊게 이해하기 위한 탐색 과정으로 볼 수 있다. 시
인의 이별 선언이 진정으로 겨냥하고 있는 것이 이와 같다
면 그것은 곧 여기에서 비롯되는 그리움이라든가 외로움과
같은 감정 역시 의미의 변주가 가능하다는 것을 말해준다.
「비는 우리를 깊이 젖게 하였으니」에서 시인이 사랑으로 인
해 자신이 "어제의 외로움보다 더 깊은 외로움을 알게 되었
다"고 한 고백이 바로 좋은 예이다. 외로움이든 아니면 그리
움이든 그 감정의 주체인 시인이 자신이 놓인 상황에 어떤
실존적, 미적 태도를 견지하느냐에 따라 그것은 변할 수 있
다. 어제의 외로움보다 더 깊은 외로움 혹은 어제의 그리움
보다 더 깊은 그리움을 겨냥하는 태도 속에 어쩌면 시의 참
모습이 "음각"되어 있는지도 모른다.

3. 시 한 줄의 감각

다시 시인에게 문제가 되는 것은 삶의 고뇌이며, 그 중심
에 "시"가 있다. 시인의 삶의 고뇌란 온전히 소멸하거나 해소

될 수 없는 것이다. 삶의 고뇌의 소멸은 곧 시인의 죽음을 의미하는 동시에 시의 죽음을 의미한다고 할 수 있다. 시인에게 삶의 고뇌란 소멸할 수 없는 영원히 안고 가야할 그 무엇이다. 삶의 고뇌는 그것을 삭히고 풀어내면서 시인의 존재 지평을 넓히는 한 과정일 뿐이다. 시인은 삶의 고뇌를 그리움과 외로움의 정서로 삭히고 풀어내면서 마치 흐르는 강물처럼 혹은 끊임없이 부서지고 생겨나는 파도처럼 인식하기에 이른다. 시인의 이러한 태도는 그가 삶의 고뇌를 순수하고 아름다운 방향으로 끌고 가려는 의지를 드러낸 것이라고 할 수 잇다.

시인의 순수하고 아름다운 의지는 그의 시의 서정을 이루는 바탕이다. 서정의 방향이 이렇게 순수하고 아름답기 때문에 그리움이나 외로움의 정서가 어둡거나 차갑지 않고 밝고 따뜻한 것이다. 이들 정서 중 외로움은 센티멘탈로 흐를 위험성이 늘 도사리고 있어서 그것을 적절하게 조절하고 통제하지 않으면 시의 미적 구도가 어그러지게 된다. 시의 정서가 정서로 그치지 않고 시의 형식이나 내용에 영향을 미친다는 점에서 그의 시의 지배적인 감정인 그리움과 외로움을 어떻게 삭히고 풀어내느냐 하는 문제는 중요하다고 하지 않을 수 없다. 사정이 이러하다면 우리는 시인의 감정을 삭히고 풀어내는 방식 혹은 감정을 승화시키는 방식에 주목할 필요가 있다. 이 방식은 감정과 관계되기 때문에 그것을 일종의 "감정 풀이"라고 명명할 수 있을 것이다.

시인의 감정 풀이는 그것을 마음의 차원에서 접근하고 있다는 점에서 주목에 값한다. 감정과 마음 사이의 긴밀함을 고려한다면 놀랍거나 새로운 것도 아니지만 그것을 타자와의 관계 속에서 바라본다는 것은 그 나름의 의미를 지닌다. 나의 감정을 타자의 감정에 비추어 보고 반대로 타자의 감정을 나의 감정에 비추어 본다는 것은 정서의 연대라는 점에서 충분히 의미가 있다. 정서의 연대는 나의 정서의 방향과 방식에 영향을 주고 이것이 시 세계의 변주로 이어지게 된다. 나 개인의 정서가 타자와의 연대 속에서 이루어짐으로써 공감의 폭이 상대적으로 클 수밖에 없다. 시인은

> 누구의 외로움 곁에 다가서 본 적이 있는가
> 함께 마음이 무너져 본 적이 있는가
>
> ―「외로움은 별이 된다」일부

라고 묻는다. 시의 외형적인 물음의 형식은 우리를 향해 있지만 기실 그것은 시인이 자기 자신에게 하는 말이라고 할 수 있다. 이 말은 타자의 외로움에 대해 마음으로 함께 해 본 적이 있느냐고 자신에게 묻고 있는 것이다. 외로움의 감정은 시인의 삶의 고뇌에서 비롯된 것이지만 그것을 내 안에 가두지 않고 타자와의 관계 속에서 사유함으로써 외로움을 삭히고 풀어내는 방식이 좀 더 심원해 질 수 있다. 그 심원함의 산물이 바로 "외로움은 별이 된다"이다. 내

안의 외로움이 밖으로 투사된 대상이 별이라는 것은 외로움의 감정을 삭히고 푸는데 잘 어울리는 질료라고 할 수 있다. 기본적으로 별은 "밝음"과 "순수", "안정", "희망", "동경" 등과 같은 의미를 지닌다. 이것은 그의 시 속에 투영되어 있는 외로움이 상승과 승화의 이미지를 강하게 환기하고 있다는 것을 말해준다. 시인의 외로움에 대한 이러한 인식은 결국 자신의 존재성에 대한 견고함을 드러내는 것에 다름 아니다. 그 견고함의 결과가

> 외로운 사람들이여
> 불붙는 모든 것은 다시 재가 되고
> 흙 속에 뿌려져 이름 모를 나무로 다시 피어나고
> 혼자 부르는 이름이나 노래가 되어
> 기억은 빛나는 별이 된다
>
> ―「외로움은 별이 된다」 일부

와 같은 대목이다. 이 대목을 보면 외로움이 왜 별이 되는 지를 알 수 있다. 기억이 별이 되고, 외로움이 별이 되기 위해서는 "불붙는 모든 것"이 "재"가 되고, 그 재가 "흙 속에 뿌려"져 "나무로 다시 피어나"고, 그것이 다시 "이름"이나 "노래"가 되는 과정을 거쳐야만 한다. 시인이 보여주고 있는 이와 같은 과정은 외로움을 삭히고 풀어내는 과정에 다름 아니다. "빛나는 별" 안에 이 모든 과정과 의미가 내포되

어 있는 것이다. 별이 재와 나무, 이름과 노래를 지니고 있다면 그 별이 궁극적으로 겨냥하고 있는 것은 외로움을 넘어선다. 시인은 "외로움이 별이 된다"고 고백하고 있지만 이때의 외로움은 시를 드러내기 위한 기표에 지나지 않는다. 시인은 외로움을 통해 시를 말하려고 한 것이다. 외로움이라는 하나의 감정을 얻기 위해 재, 나무, 이름, 노래와 같은 삭히고 풀어내는 과정이 필요한 것처럼 한 편의 시를 얻기 위해서는 이러한 과정이 전제되어야 한다는 것을 시인은 알고 있었던 것이다.

한 편의 시를 얻기 위한 과정의 지난함을 시인은 누구보다도 뼈아프게 체험한 바가 있기에 그의 고백은 더욱 진정성이 느껴진다. 시인은 "젊은 날 버렸던 너의 시"(「세 사람」)를 다시 찾고 싶은 것이다. 이것을 결심한 순간 자신이 망각하고 있던 한 시인의 시를 떠올린다. 시인은 "그가 살아 있을 때/그의 시를 제대로 읽지 않았고/슬픈 그의 눈빛에 대해 한 번도 묻지 않았다/그가 검은 잎을/입속에 물고 있는 것을 알지 못했다"(「죽은 시인을 생각하며1」)고 고백한다. 시와 시인에 대한 회복을 "입 속의 검은 잎"의 시인 기형도에 대한 반성적인 자각을 통해 실현하려는 그의 태도는 요절한 시인의 그것만큼 아프게 읽힌다. 시인이 시를 쓰다가 피치 못할 사정으로 중단했거나 혹은 그것을 망각했다가 다시 시를 쓰려고 할 때 느끼는 심정은 단순한 시적 부활이나 재발견에서 오는 기쁨만은 아닐 것이다. 어쩌면 기쁨보다는 회한의 고통이 더 클지도 모른다. 시인이 기형도를 떠올린 것도 이런 이유에서라고 할 수 있다. 시인에게 시 쓰기의 중단은 곧 죽음과 다른 것이 아니라는 점을 상기한다면 기형도의 죽음을 통해 자신의 시 쓰기의 죽음을 보았는지도 모를 일이다. 이런 시인에게는 시 한 줄 한 줄이 각별할 수밖에 없다. 그래서 시인은

> 영원히 잊혀질지도 모른다
> 생략한 한마디 언어
> 희미한 시간과 빛 속에서
> 다시 살아나 언제 날개 퍼덕일지도 모른다
> 미수범처럼 사람들이 언어의 푸른 등을
> 서툴게 칼질할 때
> 숨 끊어지듯 살아나는
> 한 줄 언어
> 너는 나의 묘비명
>
> ―「시 한 줄」

이라고 어렵게 토해내면서 시의 길을 새롭게 모색하고 있는 것이다. 이것은 삶의 고뇌를 삭히고 풀어내면서 한 줄 언어를 얻고 그것을 통해 시의 길을 모색하려는 시인의 의지의 산물이다. 그가 말하는 한 줄 언어, 시 한 줄이 새삼스럽고 각별하게 다가오는 것은 바로 이런 이유 때문이리라.

317

뒤늦게 알아본 「진주」 尹시인

— 이회창(前 국무총리)

저녁 노을

때때로 지구 전체가
커다란 적막의 손바닥으로 보일 때가 있지

나뭇잎 떨어지는 소리 눈 쌓이는 소리
손바닥 위로 저녁 노을 고이는 소리까지
인간의 목소리 스쳐가면
지구의 저쪽에서는
누구의 것인지 한 줄기 보이지 않는
고뇌의 한끝 건너오지

다시 저녁 어둠이

도시에든 마을에든 허리를 굽히면

사람들 모두

스스로 위로받는 잠속에 빠져 들겠지

문명이 사람의 외로움을 해결할 수 있을까

손바닥의 바깥으로 그들의 별들은 또 떠오르고

들리지 않는 거대한 침묵 속에서

멈추지 않는 자전과 공전

때때로 지구 전체가

붉은 얼굴로 잠들어 가는 모습을 볼 때가 있지

　내가 국무총리직에서 물러나 집에서 쉬는 동안 국무총리 정무비서실의 책임자로 있던 윤홍선 정무비서관이 시집을 두 권 들고 위로차(?) 찾아왔다. 그것이 다른 사람이 지은 시집이 아니라 바로 그 자신이 펴낸 시집이라는 데 우선 놀랐고, 그가 이미 1982년 문단에 등단한 시인이라는 사실을 알고는 또 한 번 놀랐다.

　4개월여의 짧은 재임기간중 때로 눈코뜰새 없이 바쁜 나날을 보내면서 그는 항상 내 곁에 있었지만 그가 시를 쓴다거나 시인이라는 말을 한 마디도 내비치지 않았던 것이다.

　마음에 거리낄 것 없는 한없이 여유로운 시간에 그가 내게 준 두 권의 시집(「추억여행」, 「외로움은 별이 된다」)를 읽으면서 정감어리면서도 그의 외롭고 조금은 쓸쓸한 관조의 경지를 가슴깊이 느꼈던 것이다.

나는 솔직히 말해서 시에 대해서는 깊은 이해는 갖고 있지 않다. 그러나 시는 누구나 공감할 수 있는 언어의 예술이라는데 그 의미가 있으므로 한 편의 시에 대한 느낌은 읽는 이마다 또 읽는 때에 따라 다를 수 있고, 읽어서 가슴에 와닿는 시라면 그것만으로 가장 좋은 시라고 생각한다.

그로부터 시집을 받고 며칠 뒤에 머리도 식힐 겸 서울을 훌쩍 떠난 강원도 동해안 지방으로 떠났다. 한적한 시골길에서 저녁 노을이 지는 들판에 외롭게 서있는 민가를 바라다보면서 문득 깊은 고독감에 사로잡히고 윤시인의 「저녁 노을」의 시구가 떠올랐다.

「다시 저녁 어둠이/도시에든 마을에든 허리를 굽히면/사람들 모두/스스로 위로받는 잠속에 빠져들겠지」

그가 도시의 빌딩 너머로 펼쳐진 저녁 노을을 보고 느꼈을 시상을 나는 시골의 저녁 들판에서 느꼈던 것이다.

법과 규정에 얽매인 갑갑한 공직 생활 속에서도 매일같이 접하는 거리, 사람, 노을, 나무 등에서 인간의 외로움과 고뇌를 느끼는 그의 정신은 참으로 아름답다.

그의 시는 한가한 생활의 餘技(여기)가 아니라 그가 살아가는 각박한 삶의 현장에서 우러나온 것들이기에 더욱 가슴에 와닿는가 보다.

윤시인의 문단에서의 문학적 성취가 어느 정도인지 나는
잘 모르지만 그의 시는 읽는 이에게 그의 느낌을 직감적으
로 전달하고 사랑과 외로움과 슬픔 그리고 용서 같은 것들
을 공유하는 따뜻한 정을 느끼게 하는 것이다. 다음의 시도
나에게는 참으로 좋다.

　「이땅에서 아직도 나는/살고 싶다/떠밀려 공처럼 굴러
도/떼지어 피는 오랑캐꽃 들판에서/나의 가솔들 둘러보
며/친구여 나는 함께 살고 싶은 것이다…」(「떠나고 싶었던
날의 낙서」에서)

　아무리 공직생활이 바쁘고 고달프더라도 계속해서 그의
좋은 시를 접할 수 있으면 한다. 그의 시는 우리로 하여금 자
신의 삶을 돌아보게 하고 메마른 정서를 윤택케 할 것이다.

(1995년 7월 30일 한국일보 '이 주일의 시' 추천사)

그리움의 맞은 편에서
— 윤홍선

 최근에는 시간이 내 안에서 형체화된 과정이니 무심한 시간의 파도에 대해 자주 생각하게 된다. 누구에게나 마찬가지겠지만 시간은 어디론가 우리를 떠밀어 보내고 떠밀려진 자리에는 화석이나 하나의 돌조각처럼 그 순간의 기억들만 남겨져 있을 뿐이다.

 최근 몇 편의 시들을 쓰면서 나의 시간과 연관된 사물과 사람들을 다시 한 번 그리워하게 되었다. 무자비한 시간의 파괴력도 그리움을 깨뜨리지는 못했다. 그리움에는 아무 정당성이 필요 없다는 것도 알게 되었다.

 젊어 죽은 기형도 시인은 1988년 중앙청 출입기자(중앙일보 정치부)로 있을 때 나의 세 번째 시집 준비를 도와주었다. 또한 그는 자신의 아름다운 긴 시를 이따금 내게 보여주면서 시가 길다는 쓸데없는 나의 비평에 대해 시가 자꾸 길어지는 이유를 설명했다. 그리고 그의 죽음 후에 나는 그의 시가 아름답다는 것을 더 깊이 느꼈다. 그에게 그 말을 못해주고……

 중앙청과 종합청사의 건물에서 보낸 세월이 20여 년이 되었다. 최근에는 중앙청 건물이 철거되게 되었다. 나는 경복궁의 복원을 희망하면서도 내 추억이 묻혀있는 그 건물의

철거가 안타까웠다. 허물어야 할 이유가 있다면 보존되어야
할 이유도 있는 것이리라. 정든 그 건물에 대한 내 정서는
복잡하다. 모두 공존할 수 있는 언어의 세계는 시간의 세계
와 유사하다. 사라지면서 남아있는, 그리고 또 사라지고 마
는 속성이……

가끔 새벽 출근을 하면 종합청사 건물 밑으로 광화문에
가득한 새벽 안개를 만난다. 새벽 안개는 나처럼 나이먹지
도 않고 늘 짙은 음영으로 나를 감쌌다. 우리의 뜻에 반했
던 음모처럼…… 그 안개에 가끔 휩싸이면서 나는 중년이
되고 말았다.

어떤 대상을 생각하면 바로 따뜻해질 수 있다는 것은 매
우 행복한 일이다. 무엇인가 그리움의 열기를 불러일으키는
대상이나 기억은 세상을 보다 살 만한 공간으로 느끼게 해
주리라.

시월을 위한 노래도 한번쯤 부르게 해주리라. 최근 대학
시절부터 오랜 나의 친구 박철홍이 보내준 편지의 한 구절
은 나의 가슴을 크게 흔들리게 했다.

〈어느 날 문득 생(生)은 모두 예정되었던 기억의 한 완만
하고도 커다란 지체(遲滯)였다. 쓰라리고도 태연한 속수무
책이었다.〉

(1995. 10 현대문학 10월호 '시 특집'에서)

윤홍선 시전집
끝없는 유목

지은이 · 윤홍선
펴낸이 · 유재영
펴낸곳 · 주식회사 동학사

1판 1쇄 · 2019년 1월 7일
1판 2쇄 · 2021년 6월 30일
출판등록 · 1987년 11월 27일 제10-149

주소 · 04083 서울 마포구 토정로53 (합정동)
전화 · 324-6130, 324-6131 | 팩스 · 324-6135
E-메일 | dhsbook@hanmail.net
홈페이지 | www.donghaksa.co.kr
www.green-home.co.kr

ISBN 978-89-7190-671-2 03810